アルカディア＝ガーデン I

～Age of heaveN～

柳野かなた／「理想郷」Project

OVERLAP

Contents

口絵P001イラスト／海島千本
口絵P002～006&本文イラスト／猫鍋蒼
口絵P007～008／吉村正人
目次イラスト／るご
口絵・本文デザイン／百足屋ユウコ+たにごめかぶと（ムシカゴグラフィクス）

序章

大地が、沈む。

それは壮絶な光景だった。

漆黒の濁流が、その猛烈な圧とともに何もかもを押し流し、巻き込んでゆく。

瘴気《しょうき》渦巻く地の底に、大地が呑《の》まれてゆく。

何もかもが砕かれる。何もかもが失われる。

人の営為が築き上げた諸物が、まるで子供だましの玩具のように、砕けてゆく。

闇色に曇る空。瘴気の渦に呑まれる大地。

地を呑む瘴気の渦の中央には、ぎらぎらと輝く紅の単眼があった。

……その瞳の主には、形が無かった。闇を煮詰めたかのような漆黒の靄《もや》の中に、ただ紅の眼球ばかりが浮かんでいる。

蜘蛛《くも》のように。蛇のように。それは、のたくる漆黒の靄を四方に広げ、何もかもを薙《な》ぎ倒し、地の底に引きずり込みながら、ただひとつ存在する紅の瞳をゆっくりと細めた。

その真の名を、誰も知らない。それはただ、《這《は》い寄る闇》と呼ばれていた。

蜘蛛のように。蛇のように。大地の底より這いきたり、全てを呑み食らうが故に。

そうして全ては、闇に呑まれようとしていた。

──しかし、奇跡は起こった。

砕かれていく大地が、浮き上がった。一つ、また一つと地の底のくびきを脱して、空へと浮かび上がってゆく。

紅の瞳がそれを追い、地の底から天を見上げる。そこには大地を導くように空に浮かぶ、鋼の要塞があった。

その突端に、一人の若者が立っている。片手に剣を、片手に書を手にした若者だ。

吹きすさぶ旋風の中、彼がかざした刃《やいば》から、まばゆい光があふれだす。

瘴気の中の紅の瞳は、それをまぶしげに、憎々しげに見上げると──突如として地の底から螺旋《らせん》を描いて跳ね上がり、鋼の城へと襲いかかった。

鋼の城すら小さく見える、あまりにも巨大な暗黒の塊が飛翔《ひしょう》する。

闇が、その漆黒の瘴気を爪となし、牙となし、振り上げた。

それにも怯《ひる》まず、若者が光り放つ剣を振り下ろす。

不思議な書から頁《ページ》が舞い、邪気を払い要塞を守る。

あまりにも小さな存在と、あまりにも大きな存在が、斬り結びはじめた。

それは、目を疑うような光景だった。

しかしそれでも、《這い寄る闇》は強大だった。

漆黒の爪が要塞を深々と抉《えぐ》り、渦巻く瘴気に若者は翻弄される。鋼の要塞も若者も、徐々に傷つき力を失っていった。紅の単眼が、小さきものどもを嘲笑《あざわら》う。

それでも、若者は諦めなかった。傷だらけになり、それでも剣と書とともに、何度も何度も闇へと立ち向かう。

《這い寄る闇》は不快感を覚えた。幾度も幾度も、小さきものを叩《たた》き潰そうとする。

それでも、若者は諦めなかった。

《這い寄る闇》は今度は焦《じ》れた。幾度も幾度も、小さきものを叩き潰そうとする。

それでも、若者は諦めなかった。

《這い寄る闇》は今度は怒った。幾度も幾度も、小さきものを叩き潰そうとする。

それでも、若者は諦めなかった。

……ついに《這い寄る闇》は、わけのわからない感情に駆り立てられた。

なぜ、こいつは諦めないのだろう。

なぜ、こいつは恐れながらも立ち向かうことをやめないのだろう。

《這い寄る闇》は、そのわけのわからない何かに駆り立てられるように、若者へと襲いかかった。

傷だらけの若者が、剣を振り上げる。

光と闇が交錯し——雷のような破砕音と震動が、轟《とどろ》き渡った。

かくして《這い寄る闇》の紅の瞳は砕かれ、漆黒の破片と化し世界に散った。

『我は滅びぬ、いずれ蘇《よみがえ》る』と、《這い寄る闇》の怨嗟《えんさ》の声を残して。

世界を覆う靄が晴れ、青空が戻り、光が差し込んだ。

……こうして、世界はかつて、一人の英雄に救われた。

それは、ありふれたお伽話《とぎばなし》だ。

この世界の誰もが知っている。

これは空に浮かぶ鋼の城と、神さまの剣を手にした若者の話。

――理想郷と、英雄の物語。

◆

さんさんと光の差す庭。

大昔の、世界で一番有名な英雄譚《たん》の描かれた本を、彼らは顔を寄せあい、目をきらきらと輝かせて読んでいた。あどけない顔をした、少年と少女だ。

灰色の髪をしていて、向こう気が強そうな少年は、「おれも、英雄になる！　神剣に認められるんだ！」と言った。

銀色の髪をした、ぴんと背筋の伸びた少女は、「ならば、私もなる！」と言った。

その言葉に「ええっ」と少年は目を見開いた。

神剣はひとつしかないんだぞ、と少年が言う。けれど首を左右に振り、「しかし、私もなりたいのだ」と少女は言った。

灰髪の少年はしばらく、うんうんと唸《うな》り、「……なら、競争だな」と言って笑った。

銀髪の少女も笑い、二人は約束をこめて手を握り合った。

……その日の空は晴れていて。暖かく、過ごしやすい日だった。

きっとそれは、幼い日の思い出になるはずだった一日だ。誰もが普段は胸の底に沈めていて、時折すくいあげては愛《め》で、懐かしみ、大切そうにまた戻す。

そんなきらめく、小さな記憶になるはずだった一日だ。

けれど、そうはならなかった。後に彼らはこの日を、痛みと、苦しみと、たくさんの後悔とともに思い出すことになる。

――少年と少女の絆《きずな》は、数年の後、無残に砕け散ることになるのだから。

一章

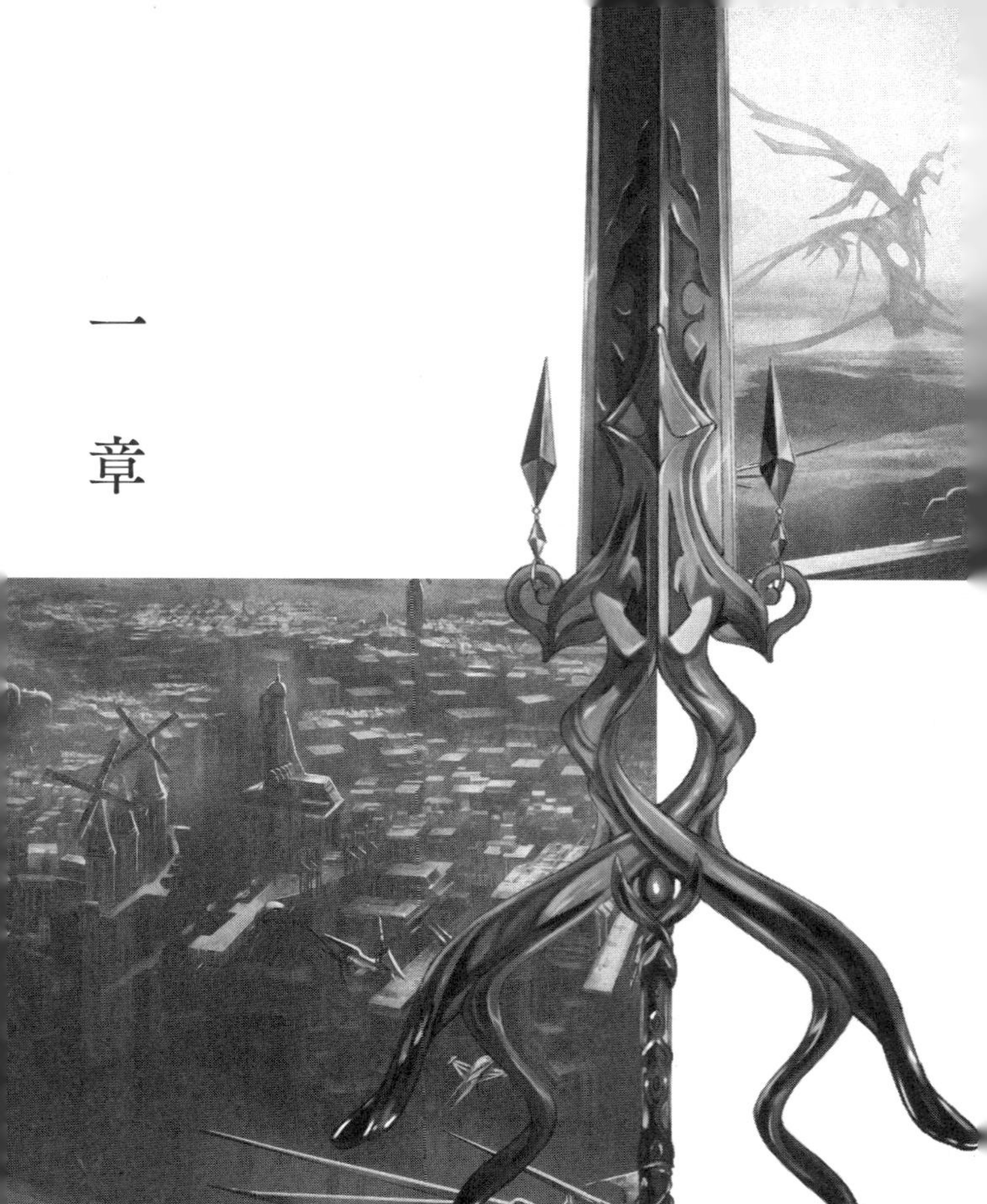

当たり前だが、森の地面というのは平坦《へいたん》ではない。大きくへこんだ窪地《くぼち》もあり、足をすくうよう丘陵のように盛り上がった場所もあれば、大きくへこんだ窪地もあり、足をすくうように木の根が張り出した部分もある。

「う、お、おお——!?」

グレイは今、まさにそれを実感していた。

疎《まば》らに木々が茂る森。落ち葉の積もる急斜面を、転げるように滑り落ちる。

「おッ!?」

張り出した枝を潜《くぐ》る。外套《がいとう》が引っ掛かり、布を裂く鋭い音とともに鉤裂《かぎざ》きができた。

「わッ!?」

湿った落ち葉を撒《ま》き散らしながら盛り上がった木の根を避け、急斜面の麓まで滑り降りると敏捷《びんしょう》に跳ね起きる。

「くっそ!　シャレになんねーぞ……!」

振り返る彼の視線の先には、同様に急斜面を滑り降りてくる影があった。

金属を思わせる硬質な色合いの体毛に覆われた、しなやかな体躯《たいく》。太い牙、鋭い爪、唸りをあげる喉、爛々《らんらん》と輝く瞳。胸にきらめくのは、深い青色の《魔石》。

人狼《ワーウルフ》。

特殊な能力こそ有さないものの高い身体能力と知性、強靭《きょうじん》な毛皮による防護を有し、森林内での単独遭遇は冒険者といえども死の危険がある、強力な《魔の眷属《けんぞく》》だ。

「普通、こんな外縁に湧くの一頭二頭だろ⁉ 常識的に考えてよ！」

その『死の危険がある』存在が、一頭、二頭、三頭……。

「五頭とか、マジでどーなってんだ」

ぼやく青年、グレイ・アクスターは、やや険のある顔立ちの冒険者だ。

灰色の髪に、向こう気の強そうな瞳。どこか不機嫌そうに引き結ばれた口元。濃灰色の外套は、今は腐葉土で汚れている。

――その腰には、一振りの剣が吊《つ》るされていた。

「…………」

運が悪かったな、とグレイは思う。

《導書院》から告知、発布されたこの依頼は、単なる水場周辺の、なんてことはない掃除《スイープ》の依頼だ。そのはずだった。出るとしてもせいぜい人狼《ワーウルフ》が一頭、二頭の、立ち回りさえ間違えなければおおむね問題ない、堅実な仕事。

けれど、どうやらそれは見込み違い。夢想は泡と消えたらしい。

斜面を滑り降りてきた五頭の人狼《ワーウルフ》たちは、次々に姿勢を立て直すと、低く身構え、油断なく迫ってくる。

……命を賭けなければならない。

グレイの手が、無意識に剣の柄《つか》にかかる。

「……っ」

ひやりと冷たい柄の感触に、彼は反射的に手を離した。とっさに剣に頼ろうとした己を嫌悪するように、眉間にしわを寄せる。

……孤剣で窮地を切り抜けるとか、英雄サマかっての。

内心で自虐めいて呟《つぶや》くと、グレイはすぐさま踵《きびす》を返して駆け出した。

ここは無謀に挑むより、したたかに逃げるべき場面だとグレイは己に言い聞かせる。

五頭の人狼《ワーウルフ》たちが狩りへの興奮も露《あら》わに、次々と追ってくる。

……よくあることだ、とグレイは思う。

世界は整然とした遊技盤ではないのだ。常に十分な情報が得られるわけではないし、対象周辺について十分な情報を集めても、その範囲外の都合で殴られることだってある。

勘違い、見込み違い、計算違い。錯誤に誤解にヒューマンエラー。

神算鬼謀や用意周到より、世界はそういうもので成り立っている。

良くも悪くもだ。

「へっ！」

だからこそ、笑う。笑い飛ばしてしまう。

不運も惨事もいつも突然だ。

深刻な顔をして悩んでいても、あちらは同情して去っていってくれたりはしない。

笑い飛ばして、立ち向かうほかないのだ。

森の木々が勢い良く左右を通過する、枝をかわして潜る、窪地を飛び越え、岩を迂回《うかい》。

追いすがる人狼《ワーウルフ》の爪が迫る、先程まで首のあったあたりを薙《な》ぐような風切り音。

うなじに走る寒気。ストレスで鈍痛を訴える内臓、恐怖に硬直しそうになる筋肉。

「ハハッ！」

何もかも皮肉げに笑い飛ばして、走る。

常人であれば、既にこの時点で追いすがられ、引き倒されて爪牙《そうが》に引き裂かれているだろう状況。

それでもグレイは軽快に走る。

しかしいくら健脚でも、狼《おおかみ》めいた人狼《ワーウルフ》たちの脚はなお速い。

左右から包み込むように、人狼《ワーウルフ》たちが迫り――

「ギャッ!?」

悲鳴があがった。人狼《ワーウルフ》のものだ。木々の間に鉄線《ワイヤー》が張られていたのだ。ちょうど人狼《ワーウルフ》たちの目や、首の高さにあたる位置だ。

幾頭かの人狼《ワーウルフ》が、喉や目を押さえて悶絶《もんぜつ》している。

「っしゃッ、命中《ブルズアイ》！」

戦果を確認することもなく、グレイは走る。

《魔の眷属》たる人狼《ワーウルフ》が、この程度の小細工で仕留められないことは知っている。

しかし、効果はあった。

「………ッ」

人狼《ワーウルフ》の追撃速度が、目に見えて鈍る。

罠《わな》というものが敵にもたらす作用は、直接の負傷だけではない。そこが『罠が仕掛けられた空間』だと認識させる、その心理的な作用は、時に負傷を上回る効果をもたらす。

相手が罠を張ったと分かっている空間を、それと知りつつ全力疾走できるだろうか？

踏み出す足の先、かき分ける枝、そこかしこの下生えに、敵手は『罠の存在する可能性』を見る。その警戒心こそが足を鈍らせるが、かといって警戒しなければ罠の的。

人狼《ワーウルフ》たちを二律背反に追い込みながら、グレイは更に走る。括《くく》り罠、足首程度の落とし穴、張られた鉄線《ワイヤー》。小さな罠の数々が人狼《ワーウルフ》たちの足を更に鈍らせ、引き離す。

「はぁッ、はぁッ……」

走る。走る。緑の枝を払い、下生えを踏み、茂みをかき分け――

突然に、視界が開ける。

空があった。目の覚めるような、一面の蒼《あお》い空だ。

森の先は、断崖となっていた。僅かな平地の先は、切り取られたかのように大地が消失しており、その向こうには何もない。

そう、文字通りに何もない。

崖下の地面もない。地平線もない。

ただ真っ白な雲の海と、蒼い空、そして僅かに浮遊する岩塊ばかりの、雄大で、空疎な光景。

もし今、空行く鳥の視点からグレイの状況を見下ろせば、彼が雲海の上に浮かぶ、巨大な島の端で足を止めた様子が見て取れるだろう。

……かつてこの世界に存在したと言われる大地は、今はない。

神話の時代より蘇《よみがえ》った恐るべき邪神《這《は》い寄る闇》と、予言書に選ばれた《神剣の英雄》との戦いの果て。全ては海の底へと消え去ったと言われている。

それももう、ずいぶんと昔の話だ。

いまひとびとは、空に浮かぶ僅かな大地にしがみつくようにして、空行く船で行き交いながら生きている。

こうして、《這い寄る闇》の仔《こ》たる《魔の眷属》と戦いながら。

「…………」

踵を返したグレイが、じりじりと後退する。すっかり追い詰められた形だ。

もはや逃げ場はない。嗜虐《しぎゃく》的に顔を歪《ゆが》め、人狼《ワーウルフ》たちが緩やかな半包囲の姿勢を取り、グレイに迫る。

絶体絶命のその時。

「……ハハッ」

グレイは、笑っていた。


「投射《キャスト》！」

鋭いソプラノの声とともに、その頭部に火炎の塊が炸裂《さくれつ》する。

ぐらりと一頭の人狼《ワーウルフ》が倒れた。続けざまの射撃に、二頭、三頭――

「グゥウゥウッ!?」

奇襲に反応して飛びのいた人狼《ワーウルフ》たちが、逆襲を狙って狙撃点を探り――そして硬直した。

「へへっ、来れるもんなら来てみなよっ！」

狙撃手の声は、島の辺縁に浮遊する岩塊から響いていた。

「スリヤっ！　標的五！」

「分かってるっ、大繁盛だねっ！」

小さな家屋ほどの大きさのそれの上部の窪《くぼ》みに、スリヤと呼ばれた少女がいた。

褐色の肌にクリーム色のはねた髪、髪の間からは笹穂《ささほ》のように尖《とが》った耳がのぞいている。

どこか南方の気風を感じさせる明るい色合いの衣。幾つもつけられた細い金色の腕輪が、動作にあわせて涼やかに鳴った。

「それっ！　装填《ロード》！」

スリヤの腕には、細く長い、杖《つえ》を思わせる機械装置が抱えられていた。

鋼材と木材が組み合わされたそれは、兵器特有の武骨な機能美に満ちている。

《魔導器》の組み込まれた、《魔導杖《ワンド》》と呼ばれる道具だ。

《論理魔術》の一分野である錬金術において発明された、魔術と工学の落とし子。

《魔石》によって稼働するそれは、元来不安定であるはずの魔術現象を、封入された無数の魔導式による誘導、制御、そして膨大な試行によって安定させ、再現性を著しく向上させる。

その技術は当世における社会インフラの基盤であり、この空の世界を行く飛空艇の動力でもあり、そして何より、

「投射《キャスト》！」

――当世における、魔術師の杖《ワンド》だ。

短い詠唱とともに、《魔導器》の先端に魔法陣が顕《あらわ》れ、《火球》の魔術が編み出されては投射される。

グレイによって遮蔽の一つもない、島の外縁部に誘い出された人狼《ワーウルフ》たちは、もはや的も同然だ。それでも即座に踵を返し、森に逃げ込んでいれば、離脱の目はあっただろう。

だが《魔の眷属》の凶暴性と攻撃性が、その判断を鈍らせ――それもまたグレイの計算のうちであった――彼らは離脱の機を逸した。

文字通りに手の届かない位置から、続けざまに放たれる《火球》の術。

――人狼《ワーウルフ》たちが殲滅《せんめつ》されるまで、さほど時間はかからなかった。

◆

「お仕事完了っ！」

全ての人狼《ワーウルフ》が撃破されたことを確認すると、スリヤは朗らかにそう叫んだ。

そして《魔導杖《ワンド》》を抱えると、なんと浮遊岩塊からあっさりと飛び降りた。

と、その身が風のクッションに乗るようにふわりと浮かび上がる。……浮遊能力。精霊族と呼ばれる種族に固有の特徴だ。速く空を飛べるわけではないが、この空の世界においては何かと使い勝手の良い便利な能力である。

フワフワと空を泳ぐようにして、スリヤはグレイのもとに向かう。

「はぁッ……はぁッ……」

一方のグレイは草原《くさはら》に座り込み、荒い息をついていた。

無理もない。

森の奥深くから、この殺戮領域《キルゾーン》まで人狼《ワーウルフ》を誘い出すため、どれだけ駆け通しだったのだろう。相当に鍛え込んでいる彼でも、かなりの負担だったはずだ。

「おつかれさま、頑張ったねっ」

ねぎらいの気持ちを込めて声をかけ、

「ほーら、ご褒美にボクがハグしてあげ……って汗臭っ！」

「当たり前だろうがっ！」

のけぞる真似《まね》をすると、間髪いれずにグレイからのツッコミが入った。

「俺がどんだけ走ったと思ってんだ、ったく……しかも五頭相手だぞ……」

「流石《さすが》に厳しい？」

そう問うと、グレイは肩をすくめた。

「人狼《ワーウルフ》五頭と森で正面からやりあうとか、馬鹿だろう」

「そっかー、じゃあ助けてくれた一級魔術師様に感謝しないとねー、グレイ！」

「なんでお前みたいな奴《やつ》が合格率三%を突破したんだかなぁ」

などと、ひとしきりふざけあい、戦闘後の過度な緊張を抜く。

「でも……真面目な話、グレイなら案外やりあえるんじゃないかなぁ」

スリヤは小首を傾《かし》げる。

こう見えてグレイが意外と腕の立つことを、彼女は知っていた。

でなければ予《あらかじ》め仕掛けた罠の支援があったとはいえ、五頭もの人狼《ワーウルフ》から逃げおおせることはできない。

「やりあえても、リスクってやつがあるだろうが」

俺たちゃ道楽で冒険者やってんじゃねぇ、商売でやってんだ。

口をへの字に曲げて、グレイは言う。

「勝ち目の薄い敵に挑むとか、孤剣で窮地を切り抜けるとか。そういうのは英雄サマの所業だろ、地道に稼ぎゃいいんだよ、地道に」

「………」

「誘い出して、距離おいて、一方的に撃ちまくって制圧。大正解の大正義だろ、どう考えても」

「そりゃそうだけどー。ていうかボクもそれが正解だとは思うけどさ」

「じゃあそれで良《い》いんだよ。……それが良いんだ、決まってるだろ」

そう言うグレイの顔は、なんだかいつもよりも不機嫌そうで。

スリヤは少しだけ表情を曇らせる。

……彼が何か、抱えているのは知っている。

剣を帯びているのに剣を使いたがらないし、冷徹な仕事人ぶりたがっている割には、そうするたびに眉間に皺《しわ》が寄る。

けれどスリヤは、その原因を知らなかった。

何がそんなに彼を苦しめているのか、分からない。

分からないから――

「よしっ」

表情と声音を、切り替える。

一緒になって不機嫌になっても、しかたがないのだ。

「じゃ、さっさと取るもの取って帰ろっか！」

えいえいおー、と握り拳を突き上げる。

「おう」

明るく朗らかなスリヤの口調に、グレイの表情も少しだけ緩んだ。

スリヤもつられて、笑った。

「おいおい、いきなりなんだよ気持ち悪い笑い方して」

「えっ、ボクそんな顔してたっ!?」

「ああ。なんかニヘーッて」

「ししてしてないっ!? ボク絶対してないからっ」

グレイの腕を摑《つか》んで揺さぶりながら笑い合うと、討滅した人狼《ワーウルフ》の亡骸《なきがら》へと向かう。

スリヤは笑いやおふざけを引っ込めると、軽く黙禱《もくとう》した。

邪神たる《這《は》い寄る闇》の敵対者、善の神たる《輝くもの》へ祈りを捧《ささ》げ、

「殺したボクが言うのもなんだけど……次の生では、仲良くできるといいね」

静かな声音でそう告げるスリヤを、グレイはじっと見ていた。

「……なに？」

「いや、そういう部分がお前のいいとこだと思ってな」

「ホレちゃった？」

わざとらしく、しなをつくって笑ってみせる。

「おう、ほれたほれた。なんてこころのきれいなひとなんだー」

「心籠もってないなぁもう！」

そんなやりとりをしながら、人狼《ワーウルフ》の亡骸、その胸部から《魔石》を回収する。

かつて神話の時代、《這い寄る闇》の血肉から生まれたとされる《魔の眷属《けんぞく》》は、憎悪とともに生あるものを襲う、すべての生けるものの宿敵だ。

魔力の凝《こご》り汚染された場所には《魔石》が生まれ、《魔石》を核としておのずから《魔

の眷属》が生まれる。

「わ、この《魔石》、いい色っ！　それに大ぶりだー！」

「さすが人狼《ワーウルフ》五頭、良い儲《もう》けになりそうだ」

「森のなかでまっとうにやりあったら、けっこう危険な相手だしね」

けれど人も、ただ《魔の眷属》に脅かされるばかりではない。

一説には邪神の血肉とさえ言われる《魔石》を《魔導器》の燃料とし、《魔の眷属》を狩り出しては生存領域を広げる。

……開闢《かいびゃく》以来、幾度も破滅の危機に瀕《ひん》した、大地さえ失ったこの世界で、それでもひとびとは逞《たくま》しく生きていた。

「ま、グレイが危ない思いした甲斐《かい》はあったね！　黒字黒字！」

「ああ。……けどよ、どうも妙だ。この島は航路上《ガーデン》にも近いし、重要な水の補給地だ。魔力溜《だ》まりもあるってんで、湧いたのの掃除は定期でやってた筈《はず》だよな？」

「うん、ごくごく普通の掃除《スイープ》の依頼だよ」

「なのにどうして、五頭も湧く……？」

「たまたまこの辺の魔力が急激に溜まって、とか？」

いや、とグレイは首を左右に振る。

腰に吊《つ》るした簡易の《魔力盤《ヴイジヤ・ボード》》の目盛りを確認し、

「魔力値は正常……むしろ低めなくらいだ」

「んー、じゃあ、どうして……」

そう、スリヤが首を傾げた時だ。


――ぞくり、と首筋に悪寒が走った。


同時にグレイの《魔力盤《ヴイジヤ・ボード》》の針が、一気に回る。

「っ!?」

針がガチガチと鳴り、示すのは目盛りの上限。

内臓という内臓を、冷たい鋼の器具で締めあげられるような不快な感覚。

「う……」

「……っ」

気づけばグレイも身構えていた。

下生えの揺れる音。森の奥から、何かがやってくる。

木々の奥から姿を現したそれは――

「黒い、人狼《ワーウルフ》？」

けれど、何かが違う。

人狼《ワーウルフ》はあんなに大きくはない。あんな餓鬼めいた、底なしの食欲で目を光らせてはいない。じうじうと煙をあげる酸の涎《よだれ》を垂れ流したりはしない。おぞましい瘴気《しょうき》を振りまいたりもしない。無数の汚穢《おわい》を撒《ま》き散らす触手が生えてはいない。

あんな、あんな――

「ろっ、装塡《ロード》っ」

恐怖に突き動かされるように、スリヤは《魔導杖《ワンド》》に火炎魔術を装塡《そうてん》した。

素早く頑強な人狼《ワーウルフ》を仕留めるため、速射性も威力も十分なものを、あらかじめ用意してある。

「投射《キャスト》！」

杖先に魔法陣が展開し、即座に《火球》の術が放たれ――

次の瞬間、スリヤは目を疑った。

あっさりと。あまりにもあっさりと、瘴気を帯びた黒い人狼《ワーウルフ》は、高速で飛来する火炎を叩《たた》き落とした。

たかる羽虫でも払うかのように、当然のように。

逸《そ》れた火炎の塊が森に炸裂《さくれつ》する。爆音と震動。

「……逃げるぞ」

グレイがいつになく真剣な声で言った。

「ありゃ、まずい。《変異体》だ」

言われてスリヤも思い出した。そういう特殊な眷属の出現について、《導書院》でも告知と警戒の呼びかけがあった筈だ。

邪神たる《這い寄る闇》の核であった紅の単眼。かつて《神剣の英雄》に砕かれ世界に散ったその欠片《かけら》、《黒の破片》を得た個体は、おそるべき力を得る代わりに暴走する――

「一、二の……」

見れば確かに、黒狼《こくろう》の胸、青い《魔石》の側《そば》に小さな《黒い破片》が埋まって、そこを中心に紫色の血管めいた何かが脈動していた。

あの五頭の人狼《ワーウルフ》も、島の奥地から黒狼に追われてきたのだろうか？

「走れッ！」

声と同時にグレイは黒狼に向けて何かを投擲《とうてき》した。

同様に打ち払おうとする黒狼だが、投げられたそれはその腕に絡みつく。三つ叉《また》になった分銅付きの鉄線《ワイヤー》……ボーラと呼ばれる投擲具だ。

足や腕を搦め捕るほか、分銅による殴打の効果もあるそれだが、黒狼は意に介した様子もない。

絡みついたそれを、少々鬱陶しげに引きちぎるその動きを見ることもなく、グレイとスリヤは島の外縁に沿うように駆け出していた。

「っ、でも、どこに逃げるの？」

あの身体能力。

外縁の平野を走って逃げても、森に駆け込んでも、すぐに追いつかれて捕まるだろう。

この島に来るのに便乗した交易輸送艇の係留地は、まだ遠い。

どうすれば――


「俺を抱えて、飛び降りりゃいいだろ！」


あ、とスリヤは口を開けた。

スリヤの浮遊能力なら、グレイ一人くらいを抱えても、ごくゆっくりと移動するくらいは可能だ。

いくら《変異体》といっても、羽が生えているわけでもない以上、飛び降りて追ってくるわけにはいかないはずだ。

外縁から飛び降りて自由落下して距離を稼ぎ、適当なところで浮き上がれば逃げ切れる。

どころか万が一、それも分からず飛び降りてくるほど狂った個体なら、始末もできて万々歳だ。

ニヤリ、と互いに笑みを交わす。

「グレイ頭いいっ！」

「いいから行くぞッ！」

手を繋《つな》いで、断崖へと走る。

広がる蒼《あお》い空は、まるで光溢《あふ》れるゴールのようで。

「い、やっは――っ！」

最後の一歩を踏み切ろうとした、その瞬間。……おぞましい何かが、足首に絡みついた。

少女の体が草原《くさはら》に転倒する。

振り向くグレイが、目を見開いた。

「……っ」

スリヤの足首に絡みついたのは、ぼたぼたと粘液を撒き散らす漆黒の触手だった。

黒狼の背から生えたそれが彼らを追い、スリヤの足を掬《すく》ったのだ。

「あ、いや……ッ！」

「スリヤ――っ！」

グレイが見たことのないほど必死の形相で叫んでいるのが、見えた。

急速に引きずられる。

あまりに強い力に、繋いだ手が引き剝《は》がされる。

蒼穹《そうきゅう》が遠のく。

もがき、地面に指を立てるが、無理矢理に引きずられる。
見れば黒狼が口を開いていた。
ぞろりと牙の生えそろった、真っ赤な口腔《こうこう》が見える。
今から、あれに嚙《か》み砕かれ、吞《の》まれるのだ。
そう思うと、背筋が凍った。
氷水の中に放り込まれたように、がちがちと歯の根が合わない。
痛みも受けていないのに、何故《なぜ》か目尻に涙が浮かんだ。
「スリヤっ！」
グレイがこちらに駆けて来るのが見える。
「た、助け……っ」
叫びかけ、そしてスリヤははっとした。
あんな化け物から、どう助けろというのだ。
一緒に死んでくれとでも言いたいのだろうか、自分は。
そしてグレイは——もしかしたら、本当に死んでくれるかもしれない。
口にしかけた言葉を、無理矢理に嚙み殺す。
もうずいぶん黒狼の近くまで引きずり込まれてしまった。
青空は、遠い。

だから——

「逃げてッ！」

叫び直した声は、涙声になっていた。

「逃げてッ！　はやくっ、どこでもいいからッ！　恨まないからッ！」

涙で視界が滲《にじ》む。

もう何も見えない。

「振り返らないでっ」

死ぬのは怖い。

でもこれでいい。

「逃げてぇえええッ！」

ぐしゃぐしゃの顔で、金切り声で絶叫し、そしてスリヤは目を瞑《つぶ》った。

◆

スリヤが泣いていた。

泣いて、怖がって、叫んで、けれど絶対に「助けてくれ」とは言おうとしない。

逃げろ逃げろと、自分に向かって叫んでいる。

彼女を引きずりこもうとしているのは、《変異体》だ。

狂気にまみれたおぞましい瞳で、愉《たの》しむように、じりじりとスリヤを引きずりこんでいる。

許容値オーバーの魔力に、《魔力盤《ヴイジヤ・ボード》》がガチガチと不愉快な警告音を上げ続けている。

まさしく桁外れだ。

何ができるのか。どれだけの潜在能力があって、どれほど強いのか。想像もつかない。

勝ち目はきわめて薄いだろう。

逃げるのはきっと、一つの正解だ。

道楽ではない、商売で、生きるために冒険者をやっているのだ。

何が悲しくて死ぬために突貫しなければならない。

不意の遭遇で仲間を失うことなど、よくある話だ。

世界は、そういうものでできている。

グレイの脳裏に、無数の思考がひらめいては消える。

けれどそれも一瞬のことだった。

覚悟は、すぐに決まった。……決まらないわけがなかった。

「――――ッッ!」

黒狼に向けて、駆け出す。

膝から力を抜き、しなやかに一歩目。
前傾した体で更に地を蹴り、二歩目。
トップスピードに乗るには、それだけで十分だ。
即座に数本の触手が襲いかかってくる。
速度を落とさぬまま体軸をひねって躱《かわ》す。
風切り音とともに、鞭《むち》めいた漆黒の触手が跳ねまわる。
その僅かな隙間に体をねじ込めば、《変異体》の黒狼は目の前だ。
「――グゥッ!?」
瞬きの間に眼前に到達したグレイに、黒狼が驚愕《きょうがく》の唸《うな》り。
……本気を出される前に殺す。
この場でグレイに思いつく勝ち筋などその程度だ。
そしてその勝ちを摑《つか》みとる。
そう覚悟した。
疾走の勢いのまま腰に手を伸ばす。
柄《つか》と鞘《さや》をそれぞれ引きつつ腰の捻《ひね》りを加え、最短最速で抜剣。
「しぃッ！」
短い気合の一声とともに引きぬかれた剣先が鋭い弧を描く。

喉首を狙った一撃。

のけぞって回避される。

狙い通り。

重心が後方に偏ったところに大きく踏み込み、肩から体当たりを入れる。

激しく体勢を崩す黒狼、背の触手が統制を失う。

体当たりを入れる動作に合わせて後ろに回した剣を大きく振りかぶり、袈裟懸《けさが》けに振り下ろす。

斬るというより、ほとんど叩《たた》き下ろす感覚だ。

人狼《ワーウルフ》は強靱《きようじん》で頑強な毛皮と筋肉の層を持つ。

並の鋼の剣ごときでは、まず切断できない。

その強靱な毛皮と筋肉の層を、グレイの渾身《こんしん》の振り下ろしは見事に斬り裂いた。

鮮血が飛沫《しぶき》を上げる。

返り血を避《よ》ける余裕もない、噂《うわさ》の《変異体》をこれで仕留められるとも思っていない。

血脂まみれの刃《やいば》を引きつけて、更に突く。

腕だけの上品な突きではない、両手で刃を構え、体ごと突っ込む突きだ。

胸を貫き、そのままの勢いで草原に黒狼を押し倒す。

驚くべきことにまだ黒狼《こくろう》は動いた。

右の爪が迫ろうとする。

長剣を手放しながら黒狼の右肩に膝をねじ下ろし、妨げる。

「お、おおおおおッッ！」

馬乗りになる。

腰のベルトから短剣を引き抜き、逆手で首に叩きつけるように刺し下ろす。

何度も何度も、刺し下ろす。

触手に顔面を殴打された。強烈な一撃にめまいがする、しかし刺し下ろすのをやめない。

殴打される。刺し下ろす。殴打される。刺し下ろす。

黒狼が痙攣《けいれん》する。殴打が緩む。短剣の刃が圧《へ》し曲がる。

「らぁッッ!!」

圧し曲がった刃のまま、黒狼の鼻っ面に叩きつける。

痙攣がやむ。

それでもしばらく、グレイは黒狼に攻撃を繰り出し続けた。

何度も何度も、動かない相手を叩き。

「っ、はッ……！」

黒狼から呻《うめ》きすら出なくなり、ようやく。

――ようやく、勝利を理解して、恐る恐る手を止める。

最初の抜剣からここまで、いったい何秒、あるいは何十秒だったのだろう。
大した時間でもないはずのそれが、無限の時間にも思えた。
興奮と狂熱で頭がくらくらするほどの、濃密な攻防。
「はぁッ……はぁッ……」
馬乗りになっていた黒狼から離れ、その場にへたり込んで荒い息をつく。
吐きそうだった。
瞬殺に見えて紙一重。油断に付け込んで強引にもぎとった勝利だ。
恐らくこの《変異体》に遊びさえなければ、手もなく圧殺されていただろう。
もはや使い物にならなくなった短剣の柄から、右手を離そうとして気づいた。
——どれほど強く握りこみ続けたのか。すっかり手が硬直していた。
「グレ、イ……？」
と、声がした。
グレイが視線を向けると、その先には、スリヤが居た。
涙に潤んだ瞳で、呆然《ぼうぜん》とこちらを見ている。
「ば、ばかぁっ……なに、無茶してるんだよぅ……」
ガタガタと震える体を、なんとか起こし。
よたよたと近づいてくる。

「ボク、逃げてって、い、言ったじゃんか……」

まだ歯の根が合わないのか、とぎれとぎれの声。

足がふらつき、倒れる。グレイの胸にすがりつくように。

「なにしてんのさ、ばかぁっ……」

涙声で。

見上げ、言われたその言葉に、グレイは苦笑した。

「しょうがねぇだろ」

視線を逸《そ》らし。

「お前見捨てたところで、見逃してもらえそうにもなかったし。それに勝ったしな」

「ばかっ。ばかっ。かっこつけっ！　……もう、グレイのばーかっ！」

スリヤはグレイの背に腕を回し、形の良い頭を預ける。

恐怖に硬直し、冷えきった体に、互いの体温は温かかった。

「…………」

そうだ、どうせ逃げたところで逃げきれる筈《はず》はなかった。

だからこれは無謀に見えて合理的な選択だったのだ。

グレイはそう思う。

あくまで自分は、商売で冒険者をやっている。

剣など、選択肢の一つにすぎない。

「……？　その手、どうしたの？」

「固まっちまった」

「ん……」

スリヤは頷《うなず》くと、両手を伸ばしてグレイの右手を取った。

細い指が、一本一本、硬直した太い指を、短剣の柄から外してゆく。

丁寧に、慈しむように。

優しい仕草で。

「…………」

グレイは思う。

あくまで自分は、商売で冒険者をやっている。そのつもりだ。

剣など、選択肢の一つにすぎない。

けれど——どうやら今、自分は選択肢を誤りはしなかったようだ。

スリヤの手は、温かかった。

◆

白い雲を切り裂くように、ナイフを思わせる船影がゆく。

甲冑《かっちゅう》を思わせる、軽金属の船体。後部に積載された大型《魔導器》が唸りをあげ、リング状の増幅器から尾部のブレード型推進器へとエネルギーが伝導し、放出される。

たなびく航跡とともに、飛空艇は真っ直《す》ぐに蒼穹《そうきゅう》を翔《か》けていた。

「生き残れたって思うと、この光景もひとしおだよねぇ」

「ああ」

船内。客室の円窓から、スリヤは外の光景を眺めていた。

変わり映えのしない空と雲の景色が、今はなぜだか愛《いと》しい。

……あれから二人は《変異体》を含む人狼《ワーウルフ》たちから素材と《魔石》を回収し、交易輸送艇の係留地に戻った。今回の依頼の遂行のために、幾ばくかの金銭で乗せてもらった輸送艇だ。

顔見知りとなっていた船員たちには、痣《あざ》やら何やらをこしらえて、汚れて帰ってきたことで、ずいぶんと心配された。

が、グレイはちょっとしたトラブルがあったと説明したきりだった。

それから輸送艇は水の補給を終え、再出航したわけだが——

「……ねぇ」

「なんだ」

「なんで《黒の破片》のこととか、誰にも言わなかったの？　すっごい武勲だよ、名前売れるよ？」

スリヤはグレイを見上げると、小首をかしげた。

《魔の眷属《けんぞく》》の、しかも《変異体》と言ったら、あちこちで多大な被害を出している危険な存在だ。《黒の破片》に、けっこうな額の賞金だってかかっていたはずだ。

洒落《しゃれ》にならない能力を有する《黒の破片》持ちの《変異体》を、安定して仕留めようと思えば、一流の冒険者や《導書院》の優秀な《書士》が十分な集団でかかるか――あるいはそれこそ、《神剣の英雄》の佩剣《はいけん》を引き継ぐ当世の最強存在、《神剣の騎士》が討伐に出てもおかしくはない相手だ。

グレイやスリヤのような、さほど有名ではない中の上程度の冒険者にとっては、名を挙げる美味《おい》しい機会と言えた。しかし、

「そりゃ名前は売れるだろうがな……」

グレイは顔をしかめる。

「それで身の丈に合わない仕事が来ても、しゃーねぇだろ。どう考えてもありゃ、出会い頭のまぐれ勝ちだ」

同じことやれって言われたら断固拒否するぞ、とグレイはかぶりを振った。

「それはそうだけどさ……」

「それとな」

息をつき、

「この《黒の破片》、相当の危険物だぞ。こんな小さい欠片が埋まっただけで、人狼があんなになるんだ。悪用の方法なんぞいくらでも思い浮かぶ」

ありあわせの布で厳重に包んだそれを、グレイは険しい顔で見つめる。

巷にも、《黒の破片》にまつわる話は色々と出回っているが、《黒の破片》を埋め込まれた人間が人狼になっただの、翼が生えただの、溶けて崩れただの、果ては竜になっただの、怪しげな話ばかりだ。

それらの逸話の真偽はともあれ……あの人狼は明らかに骨格的にありえない触手部位まで有し、なめらかに操っていた。少なくとも、生物の構造を根本から改変してしまう、理不尽な力を秘めているのは間違いない。

「持ってると分かったら、盗むか……最悪、俺たちを殺しても奪いたい、って奴だって出るかも知れねぇ」

「え。そこまでは流石《さすが》に……」

「無いとは思いたいけどな。何が何でも力が欲しい。力を得られるなら代わりに何を捧《ささ》げたって良《い》いって奴だって、世の中にはいるんだ。……力がねぇってのは、辛《つら》いからな」

警戒するに越したことはねぇよ、と呟《つぶや》く声は、どこか暗い。

また何か考えている、とスリヤは思った。

……グレイは時々、ここではないどこかを見ている。

懐かしそうな、それでいて苦しそうな目で、遠くを。

とある遺跡で出会ってから、もうずいぶんと相方として組んでいるけれど、スリヤはグレイの経歴を知らない。グレイが語らないし、スリヤも本気で問いただしたことはない。

あんまり人に見せたがらないけれど剣の腕はいいし、頭が切れるし機転もきく。

人付き合いは苦手そうだから、放っておくとどこかで変な死に方をしそうで怖いけれど、なんだかんだお人好《ひとよ》しだし、良い相方だとスリヤは思う。

黒狼との戦いだって、無茶苦茶なことをしたけれど……ちょっとは、いやそこそこ……けっこう、格好よかった。

命の恩人だ。感謝もしている。

それなりに親しい間柄でもあるだろうし、グレイだってスリヤのことを少しは親しく思ってくれているはずだ。

でも、グレイは何も語らない。彼がいま何を見ているのか、スリヤにはわからない。

誰しも語りたくないことはあるし、それで良いと思っていた。自分に、そう、言い聞かせていた。

それでも、ちくりと胸が痛んだ。

◆

薄く広がる白雲に煙る空。果てしのない青と白の世界に、ぽつりと異なる色彩が浮かんでいる。

灰色。鋼の色だ。――遠方から見ると、飛空艇か何かが浮かんでいるようにも見えるかもしれない。

だが、近づいてみればそうではないことに気づくだろう。

それはあまりに大きかった。

二百メレル級の輸送艦でも、その構造物に比べれば遥《はる》かに小さく見える。

無数の鋼に覆われた、目を疑うほど巨大な要塞島が、空を飛んでいる。

中央の山から伸びる《祭祀塔《さいしとう》》を中心として無数の建築物が広がり、外縁部には多くの飛空艇の出入りする港がある。

増改築を繰り返され空へと張り出したいくつもの埠頭《ふとう》と、それらをつなぐ橋梁《きょうりょう》は、整然としながらも複雑な空中回廊を形成していた。

停泊中の飛空艇から無数の荷の上げ降ろしが行われる港湾部から中央の《祭祀塔》周辺に向けては、都市の大動脈とも言える《魔導列車》が往来し、人と貨物を各所へ運ぶ。

――この島の名を、《アーケイン＝ガーデン》という。

遥かいにしえの魔法皇国の遺物。

皇国の崩壊後、しかしまだ世界に大地があった時代。

おそるべき邪神へと立ち向かった《神剣の英雄》が再稼働に成功し、大地の滅びからひとびとを救った偉大なる要塞。

この《空の時代》における、世界の中心だ。

そして、その《アーケイン＝ガーデン》の主港。

無数のひとびとが行き交う雑踏の中に、不機嫌そうに口を引き結んだ剣士と、その傍らに浮かび、明るく笑う精霊族の少女の姿があった。

道行く人の会話。荷揚げ作業員たちの掛け声。《魔導器》機関の駆動音。島を守護する結界の端であるため、びゅうびゅうと吹き渡る風。その風の中で辺りを浮遊し、飛空艇を誘導する精霊族たちの呼び交わす声。船渠《せんきょ》からは船を補修する、金属の加工音がひっきりなしに響き渡っている。

「それで、どーするのっ!?」

必然、会話は大声になる。

「とりあえず依頼の達成報告だ、《導書院》だな！」

「りょーかいっ！」

そんな風に歩くグレイと浮かぶスリヤの二人を見つけ、港の顔見知りたちが声をかけて来る。

「おうグレイ、なんだその顔の傷！」

「男前になったじゃねぇか！」

「スリヤちゃんに迫ってひっぱたかれたんじゃねぇだろうなぁ、ハハハ！」

「誰が迫るかっ！」

「わっ、聞いた!?　ひっどいよねー！」

天真爛漫《てんしんらんまん》な笑顔でスリヤが笑う。

そのまま幾らか——主にスリヤが——歓談すると、彼らは港通りを抜け、《魔導列車》の駅舎に向かう。

辺りから甘い匂いや、香ばしい匂いが漂ってきた。

《港通り》には、駅と港を往復するひとびとを主な客層とする、屋台や料理屋が立ち並んでいる。

あちらの屋台では串に刺した泳空魚《スカイフィッシュ》の切り身に、とろみのある濃厚な甘ダレを垂らしながら焼き、こちらの店では《魔導器》を使い、冷やした果汁や酒をグラスに注ぎ……。

香辛料をまぶした大きな肉を遠火でゆっくりと炙《あぶ》っているもの、穀物の粉を具と一緒に練って焼いたもの、蒸したもの……名前も知らないような料理もある。

どこかの島か、民族の伝来の料理だろうか。

「……んー」

くんくん、とスリヤが辺りの匂いを嗅ぐ動作をした。

……考えていることがわかりやすいな、とグレイは思う。

「買わねぇぞ」

「あっ、まだ何も言ってないのに！　っていうか割と儲《もう》かったよね!?　よね!?」

「そうだな」

「儲かったんなら冒険者らしくパーッと」

「いや儲かった時こそ計画的に貯金だろ」

「真面目かっ！」

「真面目で悪《わり》ぃか！」

明日にも命を失いかねない職だ。冒険者はあまり貯蓄をしない傾向にある。死んでしまえば貯《た》めた金銭など何になるとばかり、今得られる享楽に耽《ふけ》るものも多い。

だけどな、とグレイは言う。

「……計画性ってのは大事だろ？」

「ホント悪ぶっておきながら意外と優等生だよね？」

口に手を当てていたずらっぽく笑うスリヤから、グレイは目をそらした。

「度胸比べめいたカネの濫費が嫌いなだけだ」

「ふーん、なら」

そんなグレイの真正面に、スリヤは回りこむと――

「ちょっとだけ。……だめ？」

上目遣いで、小首をかしげて問いかけてくる。

その仕草には、妙な艶があり――

「駄目だ」

しかしグレイは、それをあっさりと切って捨てた。

「ぶー、けちー！」

「けちでもなんでもダメなもんはダメだ」

「ちぇー……」

と、しょぼくれる褐色の少女。

その様子は、本当に残念そうで、

「……《導書院》に報告が終わってからだ」

ついそう言うと、ぱぁ、っとスリヤの表情が輝いた。

「やったぁっ！」

「……はぁ」

グレイは深く息をついた。

なんだかんだ、スリヤには勝てないのだ。

◆

《導書院》は《アーケイン＝ガーデン》の公的機関だ。

巨大な要塞島のうち、中央の《祭祀塔》と主港のほぼ中間地点に、翼を広げた鳥を模《かたど》ったような巨大な社めいた建築物が見える。

余人の立ち入りを拒むその社には、一冊の書が収められていると言われている。

かつてこの世界に大地がまだあった頃、《神剣の英雄》が手にしたとされる《導きの福音書》。世界の運命を読み取り、より善き道への指針を指し示すという希望の書だ。

その安置所たる社を護持し、《導きの福音書》を管理。時に書の導きに応じて告知を発布、あるいは人員を派遣して災厄を未然に防止する独立機関。

——それが、《導書院》だ。

昔は正規所属員のみで活動していたとも言うが、近年では各地の浮島や浮遊大陸の開拓に伴って拡大する活動範囲に人手が追いつかず、所属外の人員に外注を行うようになっていた。

それに飛びついたのが、飛空艇に乗って航路を探り、魔物を倒して《魔石》をあさり、各地の未到達領域や古代の遺跡を探索する冒険者たちだ。

これによって《導書院》は遠方の予言や各地に散発する災害などにも対応できるようになり、冒険者は飯の種となるトラブルを探しやすくなった。

相利共生。冒険者と《導書院》とは、現在ではもう、切っても切れない関係にあると言って良《い》いだろう。

今日も巨大な《翼の社》の手前、拝殿にあたる《導書院》のホールは、命知らずの冒険者たちでごった返していた。

壁際で大柄な有角の戦士が何か冗談を飛ばせば、小人族の斥候《スカウト》が手を叩《たた》いて笑う。

こちらでは剽悍《ひようかん》な獣人の野伏と《魔導杖《ワンド》》を抱えた精霊族の魔女が肩を並べて掲示板を眺めていると思えば、あちらでは工具箱を抱えた鉱人の技師が誰かを探している。

そんな中でひときわ目立つのが、ホールの一角に投影された巨大な映像だ。

《魔導器》によって幻影魔術で投射されるそれは、空図だった。

様々な島の最新の情報や、航路、天候の情報。

あるいは、それに伴う《導きの福音書》に記された予言――ここに嵐が来る、ここで獣たちが活性化する、あるいは何か事件が起こりそうだが記述が不明瞭で詳細不明、等――が映っている。

これを見上げてメモを取り、次の旅への参考にしている者も多い。

見ればどうやら、今は各地でけっこうな事件が起こっているようで、空図に記載された解読済みの予言と、それに関する解析はかなりの密度と文量だ。

そんな賑《にぎ》やかなホールに並んだカウンターで、グレイとスリヤは顔見知りの受付を相手に、依頼の完了を報告していた。

「リュイ島の水場周辺の掃除《スイープ》の依頼。はい、完了ですね。お疲れ様でした」

眼鏡をかけた細身の青年が、ぽんと判を打つ。

「確かに、ありがとーっ！　それでねマギーさん」

「うう、あの、スリヤさん……？」

「あ。ごめんごめんっ。この愛称だめなんだっけっ」

うっかり、と手を合わせて謝意を示すスリヤに、マギーと呼ばれた線の細い青年は複雑な顔をする。

「仕事相手にこう言うのもなんですけど、ホントやめてくださいよぅ。なんか最近、定着してるっぽいフシあるし……」

「ア、アハハ……でも可愛《かわい》いじゃない」

「可愛いのが嫌なんですよ、男ですよ僕っ！」

そんなやりとりに、ホールのあちこちから小さな笑いと、からかいの声があがる。

よっ、可愛いぞマギー！　などという声に、受付の青年は頭を抱えた。

「悪ぃなマグナス」

「グレイさぁん……！　何とかしてくださいよぅ！」

「それは諦めろ。もう無理だ」

無慈悲なとどめの一撃に、マギーが消沈する。

「スリヤに任せとくと延々話が逸《そ》れそうなんで」

「あっ、ひどいひどい。グレイったら」

「だから逸れるっつってんだろーが!?」

スリヤの口を押さえるグレイ。むぐぐともがくスリヤ。

ホールのひとびとが微笑《ほほえ》ましげに、笑いやからかいの声をあげる。

「ともかくだな」

グレイは放っておけば延々と続きそうなそれを区切るように、少しだけ強い声を出す。

「……話がある、部屋を用意してくれ」

その真剣な声音に、マギーも表情を改めた。

「はい、かしこまりました。すぐに」

◆

《導書院》にはその性質上、小会議や密談に向いた小部屋が、いくつも配置されている。

その一つを借りたグレイが、《黒の破片》の梱包《こんぽう》を解いて示すと、マギーは驚愕《きょうがく》に目を見開いた。

「これは……！」

「リュイ島で遭遇した人狼《ワーウルフ》に刺さっていた」

「だ、大丈夫だったんですか……っ!?」

「大丈夫じゃないよ、《変異体》に追われて普通の人狼《ワーウルフ》は五頭も出るしっ」

「ご……っ」

《変異体》には、あやうく食べられるところだったし……ホント、怖かったんだから」

あの時のことを思い返したのか、スリヤはぶるりと体を震わせた。

「よく、ご無事でしたね……」

「なんとかな。運が良かった」

グレイの言葉に誤魔化しや謙遜はない。

実際に運良く勝てた以外の何物でもないと、しかめっ面の剣士は認識していた。

「俺たちが仕留めたことは、内密に頼む」

「はい。そうおっしゃるのであれば」

ことさらに武勲を吹聴《ふいちょう》しない、その意図を察したのだろう。

マギーは静かに頷《うなず》く。

「……なんだってあんな島に、こんなものがあったんだろうね」

スリヤが《黒の破片》を見てそう呟《つぶや》いた。

「人だってけっこう通る島だったのに。ボクたちが遭遇してなかったら、ひょっとすると……」

「給水に立ち寄った飛空艇が襲撃されて、惨事になっていたかもしれません。……最近、多いんですよ、そういうの」

「多い？　どういうことだ」

いくぶんか暗い表情のマギーに、訝《いぶか》しげなグレイ。

「あまりおおっぴらにはしないで下さいね？　……近頃《黒の破片》を悪用して、あちこちで騒ぎを起こしている、邪教団があるようなんです」

「うえっ!?」

「……邪神信奉か」

いにしえの神話において、邪神たる《這《は》い寄る闇》は善神たる《輝くもの》と、未《いま》だ孵《かえ》らぬ世界の卵を巡って相争ったという。

世界の卵を呑《の》み込み腹に収めた《這い寄る闇》を、《輝くもの》は《神剣》で斬り裂き打ち倒すが、《這い寄る闇》の体内にて熱と力を受けた世界の卵は胎動をはじめた。

《這い寄る闇》の悪性を浴びた世界を、生じさせるべきか迷った《輝くもの》はしかし、中立なる神《導くもの》の助言によって決断する。

世界の卵に、己が善き力、明るき力を滴らせ、対の力でこれを安定させることを。

——悪なる神より生じた、罪なき嬰児《えいじ》たる世界を、殺さぬことを。

かくして世界には善なるものと悪なるもの、秩序なるものと混沌《こんとん》なるものと、正なるものと負なるものが存在するのだという。

神話である。神話ではあるが、実際に《神剣》はあり、《這い寄る闇》は一度ならず復活しかけている。

現代のこの《魔導器》文明を支える《魔石》や魔力とて、元を辿《たど》れば世界に染みた《這い寄る闇》の力ではないかと主張する学説も存在する。

実際に、力ある存在なのだ。そして——

「なんであんなオゾマシイものを……」

「それでも、っつー奴《やつ》はいるさ」

正しさに絶望するものはいる。秩序を、善を捨ててでも、成し遂げたいことがある者も。

そういった者たちにとって、《這い寄る闇》の強大な力は、一つの光なのだろう。

仄暗《ほのぐら》い色をした、破滅の光だ。

「……まさに《這い寄る闇》だな」

邪神信奉は、神話の時代から現代に至るまで、社会の裏側で連綿と絶えることはない。鋼の剣《つるぎ》が、魔導の武具に変わっても。魔女の箒《ほうき》が、空ゆく船に変わっても。それでも闇はずっと、深く、静かに、在る。

「ま、ま！」

少しだけ沈んだ場の空気を切り替えるように、マギーがぱん、と手を打った。

「少なくともすぐにどうこうって話じゃないですし！　ともあれ、お二人ともお疲れ様でした！　このたびは災難でしたね！」

話題に乗るように、スリヤも笑う。

「うん、ホント災難だったよ！　報奨金とか弾んでくれないかなっ？」

「それは駄目ですね！　規定通りです」

「えー、ケチー！」

「《導書院》みたいに大きな組織は、平等な対応が大事です」

個人経営の商店とかなら、お得意様をひいきして囲い込むほうが有効でしょうけどね、とマギーは笑う。

「というわけで、今から上役を呼んできます。規定通りの事情聴取などがあると思いますが、お時間よろしいでしょうか？　できれば記憶が鮮明なうちに」

「ああ」

恐らく事情聴取を終えたら、すぐに腕利きの《書士》がリュイ島に飛ぶのだろう。

他にも《黒の破片》がないか、何者が《黒の破片》を持ち込んだのか——とはいえリュイ島を往来する船は多い、特定は難しいだろうが——など、調査事項は多そうだ。

ご苦労なことだな、とグレイは思った。

《翼の社》の奥殿に厳重な警備のもと安置されているという、かつて《神剣の英雄》が手にした《導きの福音書》。それに記されるほどでもない、小さな事件でさえこれだ。

世の平和を守るというのも、楽ではない。

「手間をかけるな、マグナス」

「ハハ。いつものことですよ、グレイさん」

バタバタと部屋を出てゆくマギーを見送りながら、グレイは口の端を緩めて息をついた。

◆

現れた《導書院》の職員に《黒の破片》を引き渡した後。

グレイとスリヤは、かれこれ一時間ほど事情聴取に付き合わされた後、諸々《もろもろ》の報奨を渡されて《導書院》の小会議室から解放された。

「はーっ、疲れたー！」

「調書だのなんだの、こういうのは妙に気疲れするよな……」

「悪いことしたわけでもないのにねー」

とはいえ、意外と手早く済んだのは、実際に昨今、似たような事件が多いためなのかもしれない。

「スリヤ。同業連中にゃ、くれぐれも秘密だぞ」

「分かってる分かってる。報奨金で儲《もう》けたってバレたらタカられちゃうしねっ」

大儲けした同業に、冗談混じりに「奢《おご》れ」などと迫るのは、よくある話だ。

それはそれで交流を広げる側面もあるのだが、グレイはあまり好まない。

「優等生だしね」

「優等生言うな」

そのまま白い廊下を抜け、《導書院》のホールに戻ると――

「……？」

ホールが、静まり返っていた。

常から人が溢《あふ》れ、賑《にぎ》やかであるはずのそこが、だ。

魂を奪われたかのように沈黙する、職員や冒険者たちの視線が、一点を向いていることにグレイは気づいた。

その視線の先を追い、ホールの入り口に目を向け——グレイは、顔を歪《ゆが》めた。

——輝くような銀の髪をした、若い娘がいた。

ほっそりとした顎のライン。見るものを射貫《いぬ》くようなすみれ色の瞳。

通りを歩けば、十人が十人とも視線を奪われるだろう。

極めて高度な素材で華麗に装われた月白《げっぱく》の鎧《よろい》と、それに押し込められていても分かる豊かな肢体には、しかし隙というものがない。

ぴんと背筋を伸ばして歩くさまは、優美なつるぎの刃《やいば》を思わせる。

まるで神話の一頁《ページ》から、登場人物が抜け出してきたかのようだ。

……その背には、一振りの剣があった。

《魔導器》を絡めた武具が全盛の現在にあって、一切の仕掛けの介在しないその剣には、簡素でありながら不思議と存在感がある。

鞘《さや》に納められたその刃を見ることはできないが、グレイはその剣の名を知っていた。

神剣《アルヴァ・グラム》——かつて神話において善神《輝くもの》の手にあり、世界を呑んだ邪神、《這い寄る闇》の腹を裂いた刃。

のちの《大地の時代》において、《導きの福音書》に選ばれた英雄の手により、蘇《よみがえ》らんとした《這い寄る闇》の核を砕いた英雄の剣。

現代にそれを受け継ぐ、《神剣の騎士》——この《空の時代》における、武の象徴。

その当代たる、《神剣の騎士》フィリーシア・オルトライネが、《導書院》のホールを歩いていた。

彼女が《導書院》のホールを訪《おとな》うことは滅多にない。

何事か、と僅かにざわつく周囲をゆっくりと見回し、フィリーシアが口を開いた。

「騒がせて申し訳ない」

聞くものを安心させる落ち着きを含んだ、穏やかな声だった。

「知人が、こちらに居ると聞いてな」

そのまま軽い調子でフィリーシアは辺りを見回すと——グレイを見た。

そして、歩み寄ってくる。まっすぐに、グレイを見たまま。

「……っ」

思わず、目をそらしそうになる。

それをぐっと堪えて、視線を返した。

「えっ。グレイ？　えっ……？」

スリヤがグレイの顔とフィリーシアの顔を交互に見て、唖然《あぜん》とした様子であるのを、グレイはどこか他人事《ひとごと》のように感じていた。

フィリーシアが口を開く。

「奇遇だな」

「……ああ、そうだな。知人か、誰に会いに来たんだ？」

「鈍いやつだな」

フィリーシアは微《かす》かに笑った。

「お前に会いに来たのだ」

花のつぼみがほころぶような笑みだった。

周囲の冒険者達が一斉にざわつき、スリヤの顔が引き攣《つ》った。

◆

「ちょ、ちょっと、どういう関係なの……!?」

「………昔の知り合いだ」

グレイはひどく渋い顔をしていた。

「つれないな」

フィリーシアは肩をすくめた。

周囲のざわめきが、ますます大きくなる。

「ともあれ、元気そうで何よりだ。その、色々とあったが、再会を祝――」

「そんなつもりはねぇよ」

灰色の髪の青年は、銀の髪の女騎士から、そっと目をそらした。

「何か用があるなら、さっさと本題に入れよ。騎士様よ」

「……ならば言わせてもらうが、グレイ」

すみれ色の瞳が、グレイを射貫く。


「いつまでこんなことをしているつもりだ？」


ぴくりとグレイの肩が揺れ、何か言おうとし……

「こ、こんなことって何さっ！」

それより早く、スリヤが声を上げた。

「グレイは立派に冒険者しているよっ、だいたい何さ、いきなり出てきてっ」

フィリーシアの前に立ち、見上げ、まくしたてるそれを――

「そうだな、こんなこととは言いすぎだったかもしれない。すまない。……しかし君、悪いが私は、グレイに聞いている」

しかしフィリーシアは、意に介した様子は無い。

一言スリヤに告げると、あとはまっすぐにグレイを見ている。

「いつまで無頼な生き方をしているつもりなのだ」

「…………」

「冒険者など、長く続けられる職ではなかろう。将来の見通しはあるのか」

「…………」

「先ほど、君が例のアレに遭遇したと聞いて肝が冷えたぞ」

「…………」

「あー……その、ちゃんと食べているか？　住むところは？　装備は大丈夫か」

「…………」

グレイは頑《かたく》なな表情で、何も言わない。フィリーシアも最初の勢いは徐々に失《う》せ、眉尻を少しだけ下げ、窺《うかが》うような語調に変わってゆく。

スリヤは事情ありげな二人のやり取りに認識を改めつつも、割って入る隙を摑《つか》めない。

「その、なんだ、グレイ。色々とあるのは分かっている。分かっているが……私を頼ってはもらえないか？」

「…………」

「た、頼ってもらえればいろいろとできるぞっ？　私は君を信頼している、なんなら《書士》にだって――」

続けざまに放たれる言葉の本流を、

「大きなお世話だ」

切り捨てるような、一言。

言い放った灰髪の青年は、能面のように何の表情も浮かべてはいなかった。

「そう、か……」

その一言に、銀髪の女騎士は立ちすくんだ。

相方のらしからぬ発言に、スリヤも目を白黒させている。

「……す、すまないな。余計なお世話だったか」

「…………」

フィリーシアの横を無言で通り過ぎ、グレイは歩み去ってゆく。

取り残されたスリヤは彼の背と、痛みを堪えるように立ち竦《すく》む女騎士にオロオロと視線を彷徨《さまよ》わせ、

「ちょ、グレイ、待……っ!?」

グレイを呼び止めようとするが、灰色の髪の青年は立ち止まる様子がない。

ああもう、と彼を追いかけようとして、けれどスリヤは何かに気づいたように立ち止まり、

「ごめんなさいっ」

銀髪の女騎士に、頭を下げた。

「……？　君に、謝られることでは……」

「でも、ボク、グレイの相方なんで！　ごめんなさいっ！　もう、なんでなんだろ。普段はあんな態度とらないのに……！」

ぺこぺこと、何度も頭を下げる。

「また今度、絶対お詫《わ》びに伺わせますからっ！」

「い、いや。そこまでしてもらわなくても」

「いーえっ！　絶対、詫び入れさせるっ！　どういう事情があるのか知らないけどグレイの奴《やつ》めぇ、あの態度はないっ！」

「………………」

両手で拳を握り、まっすぐに怒りの感情を露《あら》わにするスリヤに、フィリーシアは口の端をゆるめた。

初対面の相手のために、身内にここまでまっすぐに怒れるひとは、案外に少ないものだ。

「――その、君は？　君の、名前」

「ボク？　スリヤっていいます、《神剣の騎士》さま！」

「フィリーシア・オルトライネだ。フィリーでいいよ」

物怖《ものお》じせずに名乗るスリヤに、フィリーシアも笑って名乗り返す。

「そう、フィリーだね！　ホントにグレイがごめんなさいっ！　あとボクも最初、失礼なこと言っちゃってごめんなさいっ！」

「いいさ、私も悪かった。久しぶりに会ったというのに、不躾《ぶしつけ》すぎたんだ」

「そんなことないよ！　だって言い方はともかく、フィリー、グレイを心配してくれたんでしょ？」

「……そうだな、ありがとう。だが、そのグレイが行ってしまうぞ、スリヤ」

「あっ!?」

スリヤが口元に手を当てて飛び上がる。

「ま、待てーっ！　グレイ、待てーっ！」

バタバタと駆けてゆくスリヤを、フィリーシアは微笑《ほほえ》みとともに見送った。

「……さて」

突然の《神剣の騎士》の来訪と、何やら揉《も》め事らしきやりとり。辺りにはざわめきが広がっている。

「なんと誤魔化したものかな」

そう小声で呟《つぶや》いて、《神剣の騎士》は困ったように神剣の柄《つか》を撫《な》でた。

「何してんの、ばかッ！」

《導書院》を出たあたりで追いつくと、そのままスリヤは、グレイの頭にガツンと《魔導杖《ワンド》》を叩《たた》きつけた。

「いてぇッ!?」

涙目になりつつ、灰髪の青年は慌てたように叫ぶ。

「ば、馬鹿っ、スリヤ、それ精密機械――」

「うるさいっ！」

ここは《導書院》前。

日が落ちかけた、舗装された街路には、まだまだ人通りが多い。

「ちょっと来なさいっ！」

ちらほらと寄せられる視線にも構わず、スリヤはグレイを引っ張る。

そのままズルズルと、裏通りにまで引っ張りこまれた。

雑然とした路地の奥には、島の「下」に直結する、柵で囲われた虚《うつ》ろで大きな縦穴があった。

「……釈明しないと蹴り落とす！」

「こ、殺す気か!?」

「下に島とかあるかもしれないよ？」

「殺す気だ！」

襟首を掴まれ、スリヤはグレイをぐいぐいと柵に押し付けた。

縦穴からはひゅうひゅうと不気味な風音が響き、なかなかゾッとするような雰囲気がある。

要塞島である《アーケイン＝ガーデン》の各所には、下まで貫通しているか否かの別はあれ、時折このような縦穴があった。

かつての《這《は》い寄る闇》との戦いによる損耗や、構造材の経年劣化で開いた縦穴だ。修繕すべきではあるのだが、技術的な問題や建材の不足、あるいは金銭や地権の問題などが絡み、進捗があまり捗々《はかばか》しくない場所もある。このような縦穴の周辺は構造が脆弱《ぜいじゃく》で危険性が高いため、好んで住みたがるものはいない。

「……だいたい、グレイも悪いと思ってるんでしょ。だからボクに素直に叩かれてる」

「…………」

グレイは目をそらした。

このあたり、わかりやすい奴だとスリヤは思う。

――あまり、嘘《うそ》がつけないのだ。

「何があったのさ」

襟首から手を放し。

少しだけ語調を緩めて、柔らかい調子でスリヤは問いかけた。

「……よかったらさ、話くらい、聞かせてよ。相方でしょ、ボク」

「………………」

「グレイが理由もなく、あんな事するやつじゃないって。ボク、ちゃんと知ってるよ?」

「……買いかぶりだ」

目をそらしたまま、バツが悪そうにグレイが言う。

それから、場にしばしの沈黙が落ちた。

お互い、何も言わない。

グレイはバツが悪そうな顔のまま、スリヤから目をそらし続け。

スリヤはそんなグレイを、じっと、まっすぐに見つめている。

どれほど時間が経《た》ったか。

「つまんねぇ話だぞ」

「それでもいいよ」

褐色の少女は間髪いれずにそう言った。

灰髪の青年も、その一言で踏ん切りがついたのか、ゆっくりと語り始める。

「……フィー、いや、フィリーシア・オルトライネとは、昔、剣の同門でな。同じ指南所で剣を習ってたんだ」

グレイが苦い顔で、口を開いた。

「まぁ、お互いそれなりに良い家《い》の出でな。大したきっかけはなかったと思うんだが、歳《とし》も近かったんで親しくなった。幼馴染《おさななじみ》っつーか、そんな感じだろうな。……おとぎ話の《神剣の英雄》に憧れて、あんな風に神剣に認められた英雄になろう、競争だって言い交わして、剣ばっかり振ってたよ」

今でも忘れない。

彼女の輝くような笑顔を。

交わした約束を。

握った手の熱を。

……それは懐かしく、温かく。そして、痛みと、苦しみと、後悔の伴う記憶だ。

「性別は違ったけど、アイツ男っぽかったからな。ほとんど男友達相手みたいな調子でさ。楽しかったよ」

灰髪の青年は、そこまで言うと、遠い目をして。

そして、ゆっくりと嘆息した。

「……けど、いつまでも楽しくはいられなかった」

「何があったの？」

「何もなかったさ。劇的なことなんて、何もなかった」

ただ――

「……持って生まれた才能に、差があった」

ゆっくりと吐き出す言葉には。

どうしようもなく、苦みが混じっていた。

「歳を重ねるにつれて、十回に六回は勝てたのが、そのうち五回になり、三回になり、一回になり……そうしてついには、一本も取れなくなった。

そのうちアイツは門下生の代表みたいな感じになって、《導書院》からだって勧誘がくるようになった。

……もちろん、どんどんと開いていく差を前に、俺だって努力してなかったわけじゃねぇ。方向性だって、そう間違ってたわけじゃねぇ筈《はず》だ。鍛えて、走って、剣振って。技を増やして、色んな相手と試合して。……フィー本人に頭を下げて、教えを乞うたこともある」

その結果がどうだったのかを、グレイは語らなかった。

スリヤも聞かなかった。

……それでも勝てなかったのだと、聞かずとも分かった。

アイツは天才だった、本物のな。グレイは俯《うつむ》きがちに呟いた。

「どんどん強くなっていくアイツを見ていると、心がぐちゃぐちゃになった。……友人が強くなって、出世していくのを喜ぶ感情が、なかったわけじゃねぇ。良かったな、って肩をたたいたそれだって、嘘じゃなかったと思う。けど、俺はどうしてアイツじゃないんだ。どうして俺はアイツに並び立てないんだ。何が足りないんだ。そんなドロドロしたえげつない感情だって、後から後から湧いてくるんだ。ねたみ、そねみ、やっかみ……書物じゃ読んだことあったけどな、どういう感情なのか、初めて実感できた」

灰髪の青年は、深く息をつく。

想起される諸々《もろもろ》の感情を、ゆっくりと、息に込めて吐き出そうとするかのように。

「……それでも最初はそんな感情、抑えこめばいいと思っていた。自分を鍛えて、頑張って、追いつけばいいだけの話だとか。アイツはアイツで俺は俺だ、自分の足並みで歩けばいいんだとか。

そんな正論で、何度も何度もその感情を抑えこもうとして。何度も何度も、アイツに挑んで……けど」

グレイは、その先は語らず、無言で首を左右に振った。

「……とうとう、いっそ足を引っ張りたい、なんて思っちまった瞬間には、自己嫌悪で死にたくなったよ。アイツは良い友人だったのに、俺にはアイツと対等であり続けるだけの才覚がなかった。苦しかった、もどかしかった。

アイツの側《そば》にいると、何度も何度もそれを思い知らされた。一番ひどかった時なんてな、夜中に得体のしれない焦燥感にかられて飛び起きて、剣を振りに庭に出たこともある。んな無茶苦茶な鍛錬しても、意味なんてねぇのにな」

軽く笑って、肩をすくめる灰髪の青年。

褐色の少女は、そんな彼の話を、じっと静かに聞いていた。

「……いっそ折れることができりゃ、楽になれたのかもしれねぇ」

天と地ほどの差があれば。

あるいはもう、それはどうしようもないことだと諦めて、折り合いをつけられたのかもしれない。

「けど、俺にもあったんだ。……中途半端な、それなりの才能ってやつがな」

だから諦めきれなかった。

未練がましく、鍛えて、鍛えて、何度も挑んで。

自分をすり減らすように、努力し続けた。

「けどな」

グレイは呟《つぶや》いた。

「それでも、友人だったんだ。……友人だと、思ってたんだ」

◆

今でも思い出せる。

フィリーシアは良い友人だった。

自分が彼女との剣の差に苦悩していることを察し、それとなく、強くなれるよう助言や手助けをしてくれた。

鍛錬の相手を求めた時、一度だって嫌だとは言わなかった。

雑談ではっとめて今までどおりに話してくれたし、だんだんと雰囲気に棘《とげ》が生じはじめていた自分のことを、指南所内でそれとなく庇《かば》ってくれていたことも知っている。

……自分に構える彼女の余裕をさえ、憎んだことがないとは言わない。

……いっそ彼女が嫌なやつであったならばどれだけ良かったか。そんな考えがまったくなかったかと言われれば、嘘になる。

それでも同時に、深く感謝もしていた。

何か彼女に困りごとがあれば、必ず手を貸そうと思っていた。

彼女に危機が及ぶというなら、たぶん命だって張っただろう。

……好意が全ての相手だけが、友人というものではないと、グレイは思う。

色々と含むところがあって、しかしそれを呑《の》み込んで付き合い続けるのが、友情であり、友人関係というものだ。

彼女の方は、どうだったかは知らない。

けれどグレイは醜い嫉妬も底なしの羨望も含んだうえで、それでも彼女と友人であり続けたいと思っていた。

そうして実際に、良い友人だったのだ。

「だけど、決断は必要だった」

忘れもしない十五歳の時だ。

その前後、グレイはフィリーシアとの問題以外にも、実家の家族関係にも問題を抱えていた。

冷えきった家庭。家督の継承権。

まだ大人と子供の間にあるような少年にとっては、抱えきれないような問題が、色々と積み上がっていて——

それでも、決断をしようと思っていた。

「十五の時にな。フィーに勝負を挑んだ。負けたら剣を折るつもりでな。……何も言わないで挑んだが、多分アイツも雰囲気で何かしら察してたんじゃないかと思う」

人付き合いは苦手ながら、さいわい書物は好きで、それなりに頭は回る方だった。

剣の道を諦めても、何か、できることはあっただろう。

「…………」

「――どう、なったの?」

言葉を選ぶように沈黙したグレイに、スリヤが難しい顔で先を促してくる。

その日、グレイは死力を尽くした。

あれほど剣が冴《さ》えていた日は、今もって無いと思う。

そうして……

「俺はアイツに、勝った」

グレイの模擬剣は確かに、フィリーシアを打ち据えた。

「あの手応えを、今でも忘れない」

そうだ。

忘れられる、わけがない。

最後の瞬間。

あの交錯。

俺は、アイツに――

「勝たせてもらったんだ」


今でも、思い出すと、怒りと屈辱に震えそうになる。

技を尽くした、巧妙な手加減だった。

……見抜けなければ、どれほど幸せだっただろう。

あるいはそれを最後の区切りにして、彼女と爽やかに握手を交わして、グレイは剣の道を諦めたかもしれない。そうして何か官吏にでもなって、あのぴんと背筋の伸びた銀髪の女騎士と、今でも笑い合えていたのかもしれない。

……けれど灰髪の青年は、気づいてしまった。

だからそれは、そんな優しい筋書きは、ただの優しい筋書きで終わってしまった。

劇作家が手帳の隅に書き留めた、実際に演じられることなく消えてゆく、小さな小さな走り書きのように。

「勝ちを譲る。――アイツはずっと、それだけはしなかった」

友人だから。

対等の剣友であり続けたいから。

だからこそ、それだけは、絶対に、しなかったのだ。

「……俺は、アイツに、憐《あわ》れまれた。俺はアイツと、対等の友人じゃいられなくなった」

事実はどうあれ、若きグレイはそう思ってしまった。

そうして、その瞬間――へし折れる音が聞こえた。

長い間育み、必死に守ってきた固い絆《きずな》が、へし折れる音だ。

それを、どれほど心の支えにしていたか。どれだけ生きることの中心だったか。

へし折れて、初めて気づいた。

……残ったのは、ぞっとするほど冷えた『何か』だった。

凍えるようなそれが、胸の奥のほのかな温かさを、何もかも消し去って。

すぅっと冷えた胸の中で、憎悪と嫉妬の泥沼だけが、ぐつぐつと煮えたぎっていた。

「気づいたら、言っちゃならねぇ言葉が口から飛び出していた」

何があろうと言うまいと決めていた言葉。

友人に対して、口にだすことは許されない言葉。

それらの全てを『友人でなくなった彼女』に向けて、叩《たた》きつけてしまった。

真っ青になったフィリーシアの顔を、グレイは今でも忘れられない。

その瞬間には、仄暗《ほのぐら》い爽快感もあったかもしれない。

……けれど、いま残っているのは、自分への嫌悪感と後悔だけだ。

「憎悪で冷えきった頭で、冷静に、残酷に、面罵した。……アイツはそれに一言だって反論しなかった」

あの銀の髪の少女は。

ただ、友人から浴びせられる言葉の刃《やいば》を、無抵抗に受け続けていた。

「…………最後に、なんて言ったかな。殴る価値もねぇ、これっきり絶交だとか、そんな捨て台詞《ぜりふ》を叩きつけた覚えがある」

情けねぇよな、とグレイは呟いた。

暗くなり始めた路地で、俯く青年の姿は、ひどく頼りなげだ。

「そんで、やけっぱちになって家を出て、冒険者になった」

……冒険者は、良くも悪くも社会の規範や秩序から外れた存在だ。

その出自も、多種多様だ。

農民や羊飼いの子もいれば、商人や職人の子もいる。官吏や、神職の家柄に属するものもいれば、未開の地の部族出身のものや、前科者などもいる。

《アーケイン＝ガーデン》は現在、共和制の議会によって運営されているが、それこそ代々議員を輩出するような家柄の次男三男が冒険者として身を投じることも、稀《まれ》にはある。

そして身を投じる動機も様々にある。

単純に糊口《ここう》をしのぐため。あるいは各地を旅したいがため。あるいは腕試し。あるいは名誉。あるいは一攫千金《いっかくせんきん》。あるいは英雄譚《たん》に謳われるような、空と戦いの日々への憧れ。

千差万別であり、そしてその業態も、なかなかに多彩だ。

高額の素材となるような《魔の眷属《けんぞく》》を次々に狩り出しては、多額の金銭を稼ぎだし、その資金で装備を整え更なる強敵へと挑もうとするもの。

飛空艇で未知なる島々を探索し、空路を広げ、交易と開拓の先駆けとなるもの。

上古の魔法皇国の遺産を探求して、各地の浮遊大陸の奥地に分け入り、遺跡を探索するもの。

特定の街に根付き、定期的に湧き出す《魔の眷属》の駆除、市内の厄介事の解決や、探偵めいた仕事などを行うもの。

あるいは特定種類のトラブルに対する、専門家集団のようなものたちもいる。

上は超大型の飛空艇を自前で購入、整備と運用をし続けられるような集団から、ほとんどその日暮らしで路地を這《は》いずりまわるような最下層まで、収入の上下幅も広い。

ほとんど最下層だった冒険者が、ある日もぐった遺跡で上古の魔法皇国の《魔導器》を発見して一躍、富裕な長者になったなどという話もある。

代わりに、名を馳《は》せた超一流が、あっさり消息を断つことも珍しくない。

そういう仕事だ。

「……まぁ苦労もあったが、冒険者稼業に馴染《なじ》むのは思ったよりも難しくなかった。俺みたいなのも、たまにはいたからな」

剣が使えて読み書きができ、それなりに器用であれば、食いつなぐことはできたのだ。

「そのうちアイツが《導きの福音書》に予言され、神剣《アルヴァ・グラム》に認められ、めでたく《神剣の騎士》になったと聞いた。……その後だな、お前に出会って、組むようになったのは」

「うん」

「……まぁ、なんだ。要は落ちこぼれのクズ野郎なんだよ、俺は」

自分に非はないだとか、悪いのはアイツだとか、言うつもりはなかった。

何が悪いのかといえば、自分が悪いのだとグレイは思う。

「フィーは……アイツは俺のことを、ずっと心配してくれてたんだ。わざと負けたのだって、ぎりぎりの決断だったんだろう」

精神的に荒れていた当時はともかく、落ち着いた今になってそのことに思い至れないほど、グレイも愚かではない。

あの時、自分は、自分のことばかり考えて、知らず彼女を残酷に追い詰めていたのだ。

「俺はもう、剣を諦めた。稼ぐために命を切り売りしてるだけの、どこにでもいる一山いくらの冒険者だ。……《神剣の騎士》サマが関わるような人間じゃねぇ」

グレイは自嘲し、苦い笑みを浮かべた。

「つまんねぇ話だろ？」

「ううん、そんなことないけど……」

その言葉に、褐色の少女は首を左右に振り――

「やっぱグレイって、すっごい面倒くさい奴《やつ》だね！」

放たれた言葉に、灰髪の背年が目を剝《む》いた。

◆

「ホント、ひねくれてるし、こじらせてるし、なんかすっごい重いし！　フィリーはよくこんなのと長いこと友達付き合いしてたよね！」

「お、おま、お前……」

明るい口調でずけずけとものを言うスリヤに、グレイは口をぱくぱくさせている。

言葉を探すが、見つからないといった様子だ。

その瞬間に、スリヤはすっと切り込んだ。

「だってグレイ、それ、嘘でしょ」

灰髪の青年が、硬直した。

分かりやすいな、とスリヤは思う。こじらせてるし、ひねくれてるし、めんどくさいけど——でも、なんだかんだ、分かりやすい。

「何が、嘘《うそ》だって言うんだよ」

「とりあえず、『剣を諦めた』ってとこは嘘かな」

分かりやすい嘘だ。

「諦めてる人間が、まがりなりにも《黒の破片》の《変異体》を斬り倒せるわけないよ。ボクだって分かるよ、そのくらい」

いくら初手から強引に流れをもぎ取って勝った、だなんて言っても。

ずっと鍛え続けていなかったら、そんなことが咄嗟《とっさ》にできるわけもない。

魔術と同じように、剣だって日頃の鍛錬の積み重ねであることくらい、スリヤにだって分かる。

実際に、隙を見ては彼がきちんと鍛えていることを知っている。

……グレイの剣は、いい加減なものではない。

「っていうか、もう今は日々の生活のためだけだっていうなら、フィリーにだってヘラヘラ接すればいいじゃない。本当に悪いことをした、水に流してくれないか、とかなんとか言ってさ。フィリーが喜ぶようなおべんちゃらとか言っちゃったりして、それでなんか深刻っぽい雰囲気つくって、冒険者の生活は苦しいとかなんとか相談して……そしたら多分、《導書院》でなんか安全な仕事の一つくらい紹介してもらえるんでしょ？　《神剣の騎士》さまなら、きっと、少しは無理も通せるもんね」

「………」

グレイは何も言わなかった。

人気のない路地裏に、ひゅぅひゅぅと風が吹き抜ける。

「そうする？　……しないし、したくないよね」

目の前にいる灰髪の青年のことを、スリヤは決して侮ってはいない。

ちょっとめんどうな部分があっても、基本的には自分の内面を省みられる、賢いひとだと思っている。

だから、

「もう、自分で分かってるよね？」

目を逸《そ》らす彼に、優しく問いかける。

「結局さ。――グレイは、諦めてないんだよ」

剣の道を。友人だったという、あの銀の髪の女騎士と再び対等になることを。

あるいはもしかして、子供の頃に憧れた《神剣の英雄》のようになることを。

何度も打ちのめされて割れて砕け、きらきらとした輝きさえ失ってしまった、くすんで汚れた夢の欠片《かけら》を。

とうに捨てたと言って、目を逸らし、後悔し続けながら、それでもまだ、手放すことができないでいる。

「……違うかな？」

「…………」

グレイはしばらく、答えなかった。

それから、絞りだすように言葉を発する。

「…………そうだとして、どうだって言うんだよ」

震える声。

「んなこと言ってよ、どうしようって言うんだ。今さら……」

「うん、やり直せばいいんじゃない？」

あっさりと頷《うなず》くと、灰髪の青年は目を見開いた。

「おいスリヤ、だから今さら……」

「じゃあボクが、もう剣とか英雄とかそういうの諦めろって言ったら、スパッと何もかも諦められる？」

グレイはうぐ、と声を詰まらせた。

「諦められないよね」

それで諦められるなら、もうとうに諦めているはずだ。

そういう人だし——そういう人だから、スリヤは救われたのだ。

あの黒狼《こくろう》の時も。

もっと昔も。

「じゃあもうウダウダ悩むよりさ、やれるだけやってもっと折れようぜっ！」

「折れるの前提かよ!?」

「だって目標むっちゃ高いし」

《神剣の騎士》といえば本当に、最強の代名詞だ。ありとあらゆる《魔の眷属》を斬り倒しうる、当代の武人の頂点でなければ、《導きの福音書》はその名を指し示さない。

運命に神剣《アルヴァ・グラム》の担い手として選ばれた、本物の天才で、英雄なのだ。

「ボクだってひと目で別世界の人間だって分かったもん。グレイが努力しても十中八九どーもならないよ」

「お、お前なぁ……」

「けど、諦められないんでしょ？　で、今でも燻《くすぶ》って、そーやってウダウダしてるくらいならさ」

スリヤはグレイに手を伸ばした。

両手で彼の頭を包み込むようにして、正面から見つめる。

「とりあえず、動ける方に動きなよ。選べないから悩むんだから、悩み続けたって答えなんて出ないよ？」

「……簡単に言うなよ。ありきたりの正論なんて、聞き飽きてんだ」

グレイが目を逸らす。

「ずっと、悩んできたんだぞ。そんな今更、簡単に……」

「うん、そうだね。簡単じゃない」

絞り出されたグレイの言葉に、スリヤが目を細める。

「……でも、そーやってうずくまってウジウジしてるグレイ、カッコ悪いよ。簡単じゃないかもしれないけど、複雑に考えればそれでいいの？」

ずっと単純なことのほうが、案外、真理を突いていることだってある。

「フィリーのことだって、今でも心《しん》から嫌ってるわけじゃないんでしょ。……嫌なことばっかり気にかけて、好きな人にそっけなくするとか、そういうの絶対後悔するよ」

スリヤにとっては不思議なことなのだが、何故《なぜ》かそれができていない人というのはけっこういる。好きな人、好きなことをなおざりにして、嫌いな人や嫌なことばかり考えて、自分で自分を苦しめてしまうたぐいの人たち。心の動きと、実際の行動が、どうしてだかすっかりあべこべになっているのだ。

……そんなのは損だ、とスリヤは思う。

「ちゃんとフィリーと和解して、それから恨みっこなしで、改めて挑戦状でもなんでも叩《たた》きつければいいじゃない。何度だって挑んで、何度だって目指してみなよ」

ぎゅっと彼の顔を両手で挟んだまま、スリヤはまっすぐにそう言った。

「………………」

「もしダメでもさ」

ゆっくりと、褐色の少女は微笑《ほほえ》みを浮かべた。

「気晴らしに楽しいことして、お酒飲んで、ワンワン泣いて、愚痴って――それで、今度こそ終わりにすればいいじゃない」

薄い唇が、どこか艶めいて半月を描く。

「……その時は、ボクが慰めてあげるよ？」

その提案に、ちょっとの下心が無いといえば嘘になる。

弱みにつけ込む感もあるけれど。

それでもスリヤにとって、それはそんなに悪くない想像だった。

「それで改めて、終わり。……どう？」

「それでも、そんな簡単にいくかよ」

グレイは静かに、薄く笑った。

「けど……まぁ、ちょっとは参考になったかも、な」

「なら、良かった」

その顔から、いつもの鬱屈の影は薄れている。

少しは何かのきっかけになれたかな、とスリヤは思う。

それから冗談めかして――

「さぁて、めんどくさく悩んでウジウジしてるとこに、ちゃあんと活を入れてくれたスリヤさんに、グレイくんはもっと何かないのかな？」

「何かってなんだよ」

「たとえばそうっ！　好きだーっ！　とか、愛してるーっ！　とか、お前がいないとダメなんだーっ！　とか」

「ったく、バカ言ってんなよ」

「えーっ、恩人に向かってバカとは何さっ」

「お前がからかってくるからだろ。けど……」

一度言葉を切ると、グレイは表情を改めた。

「なんつーか、感謝は、してる。お前と組めて、本当に良かったと思ってるよ」

「グレイ……」

と、その時だ。

――小さな足音がした。

二人ともに、それなりに経験を積んだ冒険者だ。

会話の流れも何もかも打ち捨てて、即座に身構える。

既に日も落ち、あたりは暗くなっている。いくら《アーケイン＝ガーデン》が文明的な島で、この近辺の治安がそう悪くはないとはいえ、何がしかのトラブルの可能性は否めない。

スリヤは視線も向けずに手際よく《魔導杖《ワンド》》を操作し、ふわりと小さな光を浮かべた。魔術の灯火《ともしび》だ。

「……そこに居るやつ、出てこい」

グレイが声をかけると、路地の角の先で、砂利を踏む音がし――

「…………」

小さな影が姿を現した。

その姿を見て、二人は拍子抜けしてしまった。

「……女の子？」

まだ幼い、亜麻色の髪を肩のあたりで切りそろえた少女だ。品の良い木綿地の、ちゃんとした身なりをしている。このような路地で見かけるような姿ではない。

……不安に瞳を揺らし、口元をきゅっと引き結んでいる。

「どうしたの？　迷っちゃったの？」

スリヤが優しげに話しかけると、少女の目に、じわりと涙が浮かび――

「うわあああああん――！」

路地裏に、泣き声が響き始めた。

◆

「……えっと、お名前は？」

「エイミー……」

「エイミーちゃんだね。それじゃエイミーちゃんは、どうしてこんなところに居たの？」

なんとかスリヤが少女をなだめて、名前を聞き出す頃には、辺りはすっかり暗くなっていた。

家々で区切られた夜空に、いくつかの星が瞬き始めている。

「ロビンがね、いなくなっちゃったの」

ぐすぐすと涙声で、しかし少女は語る。

「ロビン？」

スリヤはその顔を、丁寧にハンカチで拭ってやる。

「のらのツバサネコなの。いつも、このへんにいたのに……」

スリヤが話を聞き出してゆくと、どうやらエイミーは、この近辺を縄張りにしていた白いツバサネコに、ロビンと名前をつけてよく餌をやっていたらしい。

ところがここ数日、餌をやりにいってもロビンは姿を現さない。

心配になって探して回っていたが、いっこうに手がかりはなく、日もくれ、一人不安になって路地をさまよっていた所、二人と出会ったという。

「ロビン……」

「うん……心配だねぇ」

眉根を寄せて、少女に同調するスリヤだが、グレイは仏頂面だった。

「……んなことよりもう夜だぞ。ガキが出歩く時間じゃねぇ、家はどこだ」

「あっ、こらグレイ」

「ツバサネコなんぞいったん置いとけ。ほら、どこに住んでるんだ。送ってってやるから言え」

「やだ」

「やだじゃねぇ。野良の動物なんぞ、フラッといなくなっちゃフラッと戻ってくるもんだ。気にするだけ損……」

「ぜったい、やだっ！」

亜麻色の髪の少女は、キッとグレイをにらみつける。

「ロビン、どこかでまいごになって、ないてるかもしれないんだからっ！　だから、わたしが、さがすのっ！」

その目には、涙が滲《にじ》んでいた。

グレイはあえて、脅かすように少女を睨《にら》みつけた。

それでも少女は、グレイから目をそらさない。

小さな拳をぎゅっと握り、震える足で、それでも意志を通そうとしている。

灰髪の青年は、一つ息をついた。

これは手ごわそうだ。

「ってもな、お前、迷子だろ。……家に帰れなくていいのか？」

「ロビンをさがすから、いいもんっ！」

「人さらいに捕まっても知らねぇぞ」

「つかまらないもんっ！」

「お化けがでるかもよ？」

「おばけなんていないもんっ！」

「縦穴に迷い込んで、地の底に落っこちるかもよ？」

「う、う〜っ……」

それでも少女は、自分の住所について口を割ろうとしない。

意地でもツバサネコを探すつもりのようだ。

「……強情だなコイツ」

「誰かさんみたいだね」

「うるせぇ」

どうしたものかな、とグレイは考える。

少女はすっかり意地を張り通す構えのようで、子供の相手など不慣れなグレイには、どうすればいいのか見当もつかない。

……少しは迷いも落ち着いたかと思ったあたりで、これだ。

まったく世界というのは思い通りにいかないし、まわりの都合や小さな雑事は、後から後から押し寄せてくる。

ずっと自分のことばかりにかまけてはいられない。

そういうように、できているらしい。

「……ねぇ、グレイ。ちょっとくらい、手伝ってあげてもいいんじゃない？」

スリヤが促すように言う。

「………」

ふと、考えた。

……フィーなら。あの銀の髪の騎士ならば、どうするだろうな。

まぁ多分、こんな猫探しでも快く引き受けちまうんだろう、とグレイは思う。

彼女はお人好《ひとよ》しで、面倒見がいい。

自分のことにかける時間を割いて、人の困り事に手を出してしまう。

そのくせ誰よりも強いのだから、たまらない。

ああいうのを英雄というのだろう。

「……もういちど挑む、か」

「ん？　グレイ、なにか言った」

「いや、何にも」

グレイは軽くかぶりを振ると、改めてエイミーに向き直った。

しゃがみこみ、視線を合わせる。

「なぁ、エイミー。そのロビン、どうしても見つけたいか？」

「………………」

「すっかり嫌われちまったな」

「当たり前だよ」

スリヤの呆《あき》れ声。

　それを聞きながら、グレイは言葉を選ぶ。

「あー、なんだ。俺たちは冒険者でな。……キツい仕事を終えたばかりで、二、三日はのんびりしようと思ってる」

「……？」

「だから、その間でよければ……そのロビンを探すのを、手伝ってやってもいい。というか多分、俺たちなら見つけられるはずだ」

「！」

　亜麻色の髪の少女が、目を見開いた。

「けど、今は駄目だ。夜に探すってのは危ないからな。お前が今日は諦めるって言うなら、明日から手伝ってやる」

「…………ホント？」

　疑《うたぐ》るようにグレイをじっと見つめる少女に、視線を返す。

「ああ。本当だよ――剣にかけて」

「ボクも約束するよー」

　スリヤが笑った。

「だいじょーぶっ、このお兄ちゃん、剣にかけたら嘘《うそ》言わないから」

「……え、っと」

エイミーはぱちくりと、目を瞬かせ……

「おねがい、します」

それから、ぺこりと頭を下げた。

「……おう」

「うん、任せとけっ！　……さ、それじゃあ今日は、おうちに帰ろっか！」

そう言ってスリヤは、エイミーと手をつなぐ。

「おうちはどこかな？」

「……おやしろどおり」

「《社通り》ね」

近い――いや当たり前か、とグレイは思い直した。

子供の足で、動物を探しながら、そうそう遠くまで行けるわけがない。

「グレイー？　何してるの、置いてくよー？　エイミーちゃん送ったら、ボクらも早く今日の宿とらないといけないんだし」

急《せ》かすようなスリヤの声に、グレイは苦笑し、再び足を早めた。

◆

エイミーの家は社通りの住宅地にあった。

土地面積が制限されているため、多層化した集合住宅が多い《アーケイン＝ガーデン》中央部だが、エイミーの住む集合住宅はなかなか綺麗《きれい》で広いものだった。

おそらく、《導書院》に勤める官吏の家柄なのだろう。

《社通り》は《導書院》の《翼の社》の近辺からはじまる通りだ、《導書院》勤めのものが多く住まっている。

……疲れてウトウトしている彼女を抱き上げて家まで送ると、帰りが遅いのを心配していた彼女の母親にずいぶんと感謝された。

亜麻色の髪の少女は、あとで母親から相応に叱られるに違いない。

それからエイミーの家を辞去すると、グレイとスリヤは《魔導列車》に乗って移動した。

《導書院》近くの、大きな仕掛け時計の設置された駅舎には、宵の入りでも煌々《こうこう》と魔術の明かりが灯《とも》り、人のざわめきと行き来が絶えない。

《魔導器》が轟々《ごうごう》と唸《うな》り、停車していた《魔導列車》が、車輪を軋《きし》ませ、ゆっくりとその巨体を動かし始める。

……この夜を忘れたような明るさ、賑《にぎ》やかさ。発達した《魔導器》技術。

《アーケイン＝ガーデン》へとやってきた、地方の浮島の出身者が、まず大いに驚く光景だ。

そんな《魔導列車》に揺られながら、二人は車窓に浮かぶ明かりを見ていた。

島の外縁に近い、下町の方面に向かう車両だ。

「もう、グレイったら。効率が大事とか儲《もう》けが大事とか言いながら、結局こーいう話、受けちゃうんだよねぇ」

「た、単なる暇つぶしだ。暇つぶし。……放っておいて、後で事件の報《しら》せとか聞いても後味悪いしな」

「へー」

にやにやと頷《うなず》くスリヤ。

「……っていうか、お前だって受けよう言ってたろ」

「ボクはいいの。グレイと違って素直だから」

「なんだよそれ」

まぁ、どのみちしばらくは、《アーケイン＝ガーデン》に滞在して、適度に体を休める予定だったのは、確かなのだ。

……たとえ目立った怪我《けが》がなくとも、命の取り合いをしたあとはどうしても精神に負担がかかるし、それを軽視して重ねていけば、致命的な場面でそれが発露してしまうこともある。今回は報奨金で金銭に余裕もある以上、グレイもスリヤも休息を十分に取るつもりだった。

……ついでに言えば動物探しくらいは、初心者であればともかく、手慣れた冒険者にとってさほど難しい事案ではない。

「ま、とりあえず宿取ろ、宿。色々ありすぎて、ボクもう疲れちゃったよ」

「ああ、そうだな……俺も疲れた」

なんだかんだで、鉛のような疲労が、全身に溜《た》まっている。

夢も見ないほど、深く眠れそうだった。

二章

早朝の、凛《りん》と澄んだ寒気の中。空と海の境目に、日が昇る。

漆黒の空が徐々に紫紺へ、そして黄橙色《おうとうしょく》へと色を移してゆく。

ゆっくりと変化していく空の色相とともに、空に浮かぶ鋼の要塞島、《アーケイン＝ガーデン》もまた目覚めはじめる。

島の中央の《祭祀塔《さいしとう》》が、朝日を反射しキラリと輝いた。

人通りの絶えた夜の内に街路を掃除していた清掃作業員や、夜間の火事や犯罪に備えて巡回を行っていた《治安局》の巡視たちが、あくび混じりに引き上げてゆく。

それらと対照的に動き始めるのは、各商店へ商品を搬入する荷車――《魔導器》付きの車両も最近では普及し始めているが、まだまだ高価――だ。

がらがらと車輪の音を響かせてはそれらが車道を往来し、

「よい、せ！」

「揺らすなよ、気をつけろ！」

「爺《じい》さん張り切って腰いわすなよォ」

「うるせェ！」

「おっ、今日もお疲れサン！」

店舗周辺で止まっては盛んに声を掛け合い、様々な商品を運び入れている。

今日一日の営業で使う品々だ。

特にこの時間の搬入は、港から入った生鮮食品などが目立つ。

「…………」

空を見上げれば、新旧さまざまな、色とりどりの飛空艇が航跡を空に残し、飛び立ってゆくところだ。

魔術による支援があるとはいえ、夜間飛行は何かと危険が多い。特にこの目印の少ない、大地の大半を失った世界で、現在地を見失った場合――待つのは分かりやすくも恐ろしい、あてのない彷徨《ほうこう》と忍び寄る破滅だ。

邪神の潜む地の底、海の底に『落ちて死ぬ』のは、あまり縁起の良《よ》い死に方ではない。できるだけ早朝に飛び立ち、日の出ている内に係留可能な別の浮遊島へ、と船乗りたちが願うのは、自然な心理だろう。

「……ふう」

グレイは馴染《なじ》みの冒険者向けの宿《モグラの墓穴亭》を出て、街路を歩いていた。

通りを吹く風はまだまだ冷たく、早朝の街路は車道を時折、荷車が行き交うほかは閑散としている。

グレイはしばらく通りを歩き、そして二、三度、屈伸をすると、走りだした。

朝の鍛錬だ。

吸って、吸って。吐いて、吐いて。一定のペースで呼吸をしながら、高い建物の間をひたすらに走る。

外縁の下町は、安価な赤煉瓦《あかれんが》の建物が多い。

……やはり《アーケイン＝ガーデン》の街路は走りやすいな、とグレイは思った。

瀝青《れきせい》で覆われた街路には過度の凹凸もなく、排水路もおおよそ完備されていてぬかるみや水たまりもない。上古の遺物であり、それを連綿と伝承、整備し、時には失われた技術を蘇《よみがえ》らせてきたひとびとの成果だ。

これが地方になると、もう完全にそういったものが失われて、土埃《つちぼこり》の立つ無舗装の道に、石や木の粗末な家々が立ち並んでいることだってある。

……平らな瀝青の道を、走る。

けばけばしくも華やかな看板の立ち並ぶ歓楽街。

鉄と油の香りに満ちた工房街。

何に使うのかもよくわからない品の並ぶジャンク屋の角を抜けると、薄汚れた布の張られた露店通りがあった。

大きな金属缶に廃材を詰めて火にあたっていた数人の初老の男が、走るグレイを見て

「おつかれさん」と笑いかけた。

長い歳月でくすみ、壁の漆喰《しっくい》も剝《は》がれはじめた集合住宅。

用水路にかかる小さな橋。

貨物を積載した《魔導列車》が、ちらほらと行き交いはじめる路線。

雑念を払うように延々と走り続け、すっかり息があがる頃には、グレイは周囲を常緑樹の並木に囲まれた、小さな社にたどり着いていた。

善なる神である《輝くもの》を祀《まつ》った《光輝教》の社は、近所のひとびとの憩いの場になっているのだろう。よく掃き清められており、所々に長椅子なども設置されていた。

祠《ほこら》に向かって右拳を握り、握った指のあたりを己の額と左胸に軽くあてる、祈りの動作をする。

――我に光を注ぎたまえ。我が心に光を注ぎたまえ。

べつだん信心深い方ではないが、それでもグレイも、社に来ておきながらそれを完全に無視するほど積極的な無信仰ではなかった。

そうして挨拶代わりの祈りを済ませると、辺りを見回し人気がないことを確認してから、グレイは提げていた剣を抜く。

……辺境の島ならばともかく、この《アーケイン＝ガーデン》では冒険者もそれなりにお上品に振る舞わなければ、すぐに《治安局》の巡視が飛んでくる。そして巡視に目をつけられても良いことなど何もないことくらいは、皆知っていることだ。

知っていてなお他の島と同じ調子でやらかして、しばらく鉄格子つきの宿の世話になる者も、いないわけではないのだが。

「……さて」

抜いた剣を中段に構え、基本動作の素振りを始める。

一つ一つ数えながら、丁寧に。

鋭く踏み込み、振り下ろす。斬り上げる。

弧を描く足の動きとともに、薙《な》ぐ。

重心を安定させたまま体を鋭く切り返し、後方に剣を振り下ろす。

しばらくして一通りの素振りを終える頃には、じっとりと汗が滲《にじ》んでいる。

それから、改めて剣を構え直し――

頭に思い浮かべるのは、昨日、再会したフィリーシアだ。

「…………」

思い出にある数年前よりも、強くなっていた。

……それも、おそろしく。

ぴんと背筋の伸びたあの立ち姿には、およそ隙というものが一切なかった。

いくつか攻め手を考えてみるが、こちらの剣が空を切るどころか、動く前に小手や脇を裂かれるイメージしか浮かばなかった。

グレイとて冒険者になって幾度も実戦を経験し、それなりには上達しているが――それでも、更に差は開いただろうと考えざるをえない。

……たまらねぇな、とグレイは思う。

けれど実力差を再確認しても、昔ほどには黒くおぞましい感情は湧いてこない。

あるいはもう、すっかり摩耗しきって、麻痺《まひ》してしまっただけなのかもしれないが。

「……ウダウダ悩むより、やれるだけやって折れろ、か」

ひょっとすると、褐色の少女に言われた、一連の言葉のためなのかもしれない。

……勝手なことを、とも思う。

自分はもう諦めたのだと、ずっと思っていた。

彼女は英雄になれる、選ばれた人間だった。

自分は選ばれなかった、ただの脇役にすぎない。

かけがえのない友に醜い嫉妬を抱き、当たり散らすような男には、それがふさわしい。

ずっと、そう思ってきた。

そう思おうとしてきた。

……それでも、剣を捨てることはできなかった。

未練がましく、ずっと鍛え続けている。

単に得たものを失いたくないだけか。

幼い日に見た英雄の夢を、捨てきれないのか。

今さら彼女と和解でもしたかったのか。

あるいは、その全てか。

グレイ自身にも、よく分からない。

「………ッ」

剣を振り、はらりと落ちてきた木の葉の一枚を両断する。

冴《さ》えた一閃《いっせん》だ、と十人が十人とも評価するであろう剣。

しかしそれでもなお、目指す背には遠いことを、グレイ自身が何よりも自覚していた。

——心にまといつく靄《もや》を斬ろうとするかのように、グレイは無心に剣を振り続けた。

◆

「ふわぁ……ぁ」

スリヤはあくびを噛《か》み殺しながら、ベッドで寝返りを打った。

彼女の朝は遅い。

寝られるときは寝られるだけ寝るのが、スリヤの休日の常だ。

グレイはよく早朝から元気に走り回れるなぁ、と思う。

「んー……」

窓から差し込む陽光に、煩わしげに手をかざす。

狭い部屋だった。

板張りの床に、一人用のベッド。水差しと洗面器の置かれたサイドテーブルに、衣類と雑嚢《ざつのう》やら小道具やらの冒険用具を突っ込んだ据え付けの長櫃《チェスト》。

それに申し訳程度の虫よけの香が、この部屋の全てだ。

基本的に、二人は部屋を分けている。スリヤがグレイと部屋を分けようとしているわけではない、グレイがスリヤと部屋を分けようとするのだ。

もちろん冒険者として活動する以上、宿などが不十分な地域に向かうこともあり、同室に泊まることもたまにはあるのだが、グレイは別室にできる場合は別室を選ぶ。

スリヤとしては宿代がかさむので、別に同室でも構わないのだが。

「変なとこで紳士なんだよねぇ……」

むにゃむにゃと呟《つぶや》きながらほぼ素裸でベッドから滑り出た。

褐色の肌をした少女の肢体は、細身ながらもしなやかで女性的な丸みがあり、ネコ科の動物を思わせる。

「むー……さむぅい」

基本的に《アーケイン＝ガーデン》は文明圏であり、そして安全圏だ。

いつでも飛び出せるように、衣類をほとんど完全着用でベッドに入る必要はない。

「ひゃー、ちべたいっ」

明け方の冷気に晒《さら》された水差しの水は、たいそう冷たかった。

ぶるぶると身を震わせながらうがいをして、顔を洗って身繕いをし、衣類を着こむ。

「っと」

忘れずに、スリヤは枕の裏に伏せておいた短剣を回収する。

いくら文明圏で安全圏とはいえ、何があっても絶対に安全というわけでもないのだ。

少しの備えを忘れないのは、手慣れた冒険者のたしなみだ。

「～♪」

そのまま鼻歌混じりに布を広げ、壁に立て掛けておいた《魔導杖《ワンド》》の整備を行う。

《魔導杖《ワンド》》の一部に収納してあった簡易の工具で分解し、部品単位で綺麗《きれい》に整頓し、よく点検し、汚れを拭き取り、防錆油《ぼうせい》を差すと組み立て直す。

一連の動きは、極めて速く正確だ。《魔導杖《ワンド》》の簡単な分解整備の技能は魔術師にとって必須の技術であり、スリヤにとっても日常の習慣だった。

……精密なカラクリ仕掛けでもある《魔導杖《ワンド》》には、それなりの確率で故障も起こるし、整備不良であればその確率は上昇する。

故障にも様々あるが、ことに「撃とうと思って不発だった」時など、危ない。

単に魔術が顕現しなかったというだけならまだ良《よ》いものの、回路や接触などの不具合で、衝撃などを受けた瞬間に時間差で投射されかねない状態になってしまうことがある。ある程度は杖の分解ができ、必要であれば要部を抜き去って動作不能にする程度の技術はないと、不具合が起きた瞬間、いつ暴発するかも分からない武器を抱え込む羽目になるのだ。

整備の方法を心得ない魔術師の手にした《魔導杖《ワンド》》は、極めて危険だ。

いい加減なところがあると自認するスリヤではあるが、流石《さすが》に自分と仲間の命のかかる場面でまで手を抜こうとは思わない。

「んー……《魔素燃料》、そろそろ補充しといたほうがいいかなー」

《魔の眷属《けんぞく》》から採取される《魔石》。

それを幾つかの過程を経て、安定した状態で液化した《魔素燃料》は《魔導器》の重要な動力だ。

スリヤの知識があれば、手持ちの簡易な調合キットと、リュイ島で採取した人狼《ワーウルフ》の《魔石》で自作できないこともないが、やはり《魔素燃料》は店売りのものがいい。量産品のほうが純度が安定しているし、大工房で大量に作られるぶん、コスト的にも割安だ。

「あとは――」

《魔導杖《ワンド》》のうち、魔術の印や魔法陣が幾重にも刻まれたカートリッジ部分を確認する。

ある意味で、ここが《魔導器》の要とも言える部分だ。

スリヤの杖であれば、冒険者として割と標準的な魔術が複数組み込まれている。《火球》や《衝撃》といった攻撃用の魔術や、《防護》《身体増強》《応急治癒》といった防御、支援用の魔術、《照光》《魔術探知》といった探索用の魔術といったものだ。

これとは異なり、特定の目的に特化した、特殊用途の《魔導器》もある。《アーケイン＝ガーデン》の多大な人口への水供給を支える、《祭祀塔《さいし》》近辺に設置された大型《魔導器》であれば、水の《転移》と《浄化》の魔術が。飛空艇であれば、かつては魔女がまたがる箒《ほうき》にかけたような、《飛翔《ひしょう》》や《浮遊》の魔術が刻まれているものが多い。

元来不安定であるはずの魔術現象を、封入された無数の魔導式による誘導、制御、そして膨大な試行によって安定させ、再現性を著しく向上させる。

それが《魔導器》の骨子である。

「よしっと」

幾つか目視で点検を行った後、スリヤは納得したのか《魔導杖《ワンド》》のカートリッジ部分を閉じる。

「さっ、ご飯ご飯っ」

にんまりと笑みを浮かべ、部屋を出て施錠すると、スリヤは階下に向けて、ふわりと宙を泳ぐように移動をはじめた。

◆

冒険者向けの安宿《モグラの墓穴亭》は、《風穴通り》にある四階建ての建物だ。

老朽化こそしているがそれなりに清潔で、隙間風や虫の問題などもあまりないと割合に好条件なのだが、宿賃は安い。

なぜか。

……店の裏に、近所のものには《風穴》と呼ばれる大きめの縦穴が一つ空いているのだ。

繰り返しになるが、このような縦穴の周辺は構造が脆弱《ぜいじゃく》で危険性が高いため、好んで住みたがるものはいない。

《導書院》周辺の上品な区画においては、特にそうだ。

しかし下町となると、逆に『好んで住みたがるものはいない』ことを逆手に取って、この手の安宿やら、怪しげな露店、あるいは廃墟《はいきょ》にもぐりこもうとする宿なし達が縦穴周辺に群がる。治安上もそれなりに問題が大きいため、幾度も議会で議題にあがってはいるようなのだが、金銭や資材等、諸々《もろもろ》の問題から進捗は今一つだ。

上の階で誰かが歩くたび、ぎしぎしと《モグラの墓穴亭》の木造の床が鳴る。

廊下には、「走るな。跳ぶな。落ちるな」と張り紙が貼ってある。

まさか本当に床が抜けて、誰か落ちたりしたことがあるのだろうか。

ひょっとして、そのまま縦穴へ——いや、いや、まさか。

そんなことを考えながら、ふわりと浮遊して急な階段を下ると、一階には長椅子と長テーブルの並べられた広い食堂がある。夜になれば、酒も出す類の食堂だ。

しかし、食堂の雰囲気は沈鬱なものだった。

スリヤの表情が一気に曇る。

「……うえー、今日はハズレかぁ」

誰もが陰気な顔でモソモソと食事をして、言葉少なにその日の仕事に発《た》ってゆくその様子は、明らかに一つの事態を意味していた。

「なーにがハズレだってぇ？」

厨房《ちゆうぼう》の方から声がした。

顔をのぞかせたのは、大柄な男だった。短く刈り上げられた茶髪に、筋肉質の体。

「クマてんちょー！」

「だぁれがクマだこの！」

ベアードという名の、元冒険者の男だ。

皆、だいたいがクマ店長だとか、クマ公だとか、クマ師匠だとか呼んでいる。

「今朝はどんなマズメシー？」

「うっせぇ、マズメシ言うな！」

そう言って、厨房の入り口に近づいたスリヤにベアード店長が突きつけたのは木の椀《わん》だ。中には——ドロドロに煮込まれた麦粥《ポリッジ》に、なぜかくたくたに煮込まれた泳空魚《スカイフィッシュ》が一尾入っていた。

どう見ても、食欲をそそられる外見ではない。

「う、うへぇ」

安かろう悪かろうで、時々極端な料理を出すこの宿ではあるが、これは極めつけだ。

いつもなら、それでももう少しはマシなものが出る。

「何がどうしてこうなったし……」

「《変異体》がどうとかでな」

ぴくり、とスリヤが表情を変化させた。

「《変異体》？」

「ああ。なんでも《黒の破片》持ちのが、幾つかの主要航路の中継島に出没してて、物流が滞ってるんだとよ」

ベアード店長がそう言いながら厨房に戻る。

客たちの中にも頷《うなず》くものがいた。

「ああ、聞いた聞いた。《導きの福音書》も今朝、『災いの火、起こる』とか怖い予言出したらしいな。あっちこっちの島で怪鳥だとか魔犬だとか、ひどい騒ぎらしいぜ」

「《神剣の騎士》サマも、それ受けて早朝から討伐行脚に飛空艇で飛んでったそうだしね」

「おかげで泳空魚《スカイフィッシュ》以外の食品は軒並み値上がりってわけだ」

泳空魚《スカイフィッシュ》は、文字通りに空を飛ぶ魚だ。

その群れが空を泳ぐ様子は、割合にどこの空でも見られる。小回りのきく快速の飛空艇で網をかけて、これを捕らえるのは、各地の浮遊島の外縁でよく見られる光景だ。

「けど、これは……無いよなぁ」

「魚入れた雑炊とかは、そりゃあるけどよぅ……これは……」

「うるせぇ！　食えるだけありがてぇと思いやがれ！」

ベアード店長の声が厨房から響く。

「夜はともかく、朝の時間までまともな料理人雇ってられねぇんだよウチは！」

「うへー……」

なんとも世知辛い話だ。

夜の料理はそれなりに美味《おい》しいし、朝だって運が良ければそこそこ美味しいんだけどなぁ、とスリヤは大仰に額を押さえて天を仰いだ。

「ていうか穀物まで値上がりしてんのマジどういうことだよ……」

「便乗値上げってやつだろ。不安に乗じて売り控えて、値段が高騰するの待つ寸法だ」

「うへー、あこぎだねぇ」

「手元にもうちょいアレコレありゃなぁ。投機屋どもに一発カマして儲《もう》ける手も……」

「コラコラその癖やめろ。そういう博打《ばくち》めいた相場荒らし好きすぎるだろお前」

「いや、だってなぁ……」

あちらのテーブルでそんな風に話しているのは、冒険者の中でも行商寄りの冒険商人たちだろう。

「ていうかさ、《神剣の騎士》が動いたなら、そのルートの《魔の眷属《けんぞく》》は一掃されると見ていいよね」

「……今が移動にはいいタイミングか？」

「おっけー、じゃあ同ルート通る船を探して――」

その奥で話し合っている二人組は、探索《サーチ》向けの装備をしている。

恐らく上古の遺物を探るなどの、遺跡漁《あさ》りが主眼の冒険者だ。

「おっ。確かに《神剣の騎士》さまの後をついてきゃ安全だな」

「それ頂き！　俺らの船はそのルートに決めた、相乗りどうだ？」

「ボロ船じゃないでしょうね」

「なにをう」

彼らの会話に、先ほどの冒険商人たちが交ざり始めた。

「スリヤちゃんもどうだ？　グレイと一緒によ」

「あ、ボクたちはパスでー。ちょっとこないだ色々と殺伐なコトがあってさ、数日ダラダラゴロゴロ、ゆっくりする予定なんだ」

「おう、そうか。お疲れさんっ！　と、つーことは戦力的には……」

「他に誰か声かけてみる？」

あれこれ盛んに言葉が飛び交い始め、だんだんと食堂が活況を呈し始める。

朝の冒険者宿は、情報交換の場でもあるのだ。

と、入り口のドアベルが鳴った。

店内の注目が一瞬集まるが、いつもの顔だとわかるやいなや、すぐに散った。グレイだ。

灰髪の青年は、いつもよりも鍛錬の量を増やしたのか、なかなか汗をかいている様子だ。

恐らくお腹《なか》も空《す》いているだろう。

彼はきょろきょろと食堂内を見回すと、すぐにスリヤを見つけてやってくる。

その彼に、スリヤはにこりと微笑《ほほえ》んで――自らの椀を差し出した。

青年の顔が、一瞬ですべてを察して引きつる。褐色の少女は、その反応にうむと笑った。

死なばもろとも、マズメシも一緒に愚痴を言いながら食べれば、きっとそれなりに楽しいものだ。

……多分。きっと。

……度を越したまずさでなければ、恐らく。

……そうだといいな！

◆

スリヤがグレイと組み始めたのは、もう数年ほど前のことだ。

かつて単独で冒険をしていた、この灰髪の青年と、スリヤは遺跡で出会った。

互いに探索をしていたわけではない。

——スリヤは、遺跡で眠っていた。

もちろん、普通に眠っていたわけではない。魔術的な封印により、長い眠りのなかにあったのだ。

後でほうぼうで聞いたところによると、精霊族においては、それは珍しいことではあるけれど、特別なことではないらしい。

精霊族。四大精霊を祖とする、自然に近きもの。神秘に親しきもの。世界の運行を助けるもの。神々によって創りだされたこの世界でも、もっとも長い寿命をもち、尋常な生命から離れた部分のある種族だ。

彼らは概《おおむ》ね、何かしらの自然現象に対して親和性がある。

土地に根付き、社や森の深くに住まうもの。流離《さすら》うもの、人とともにあるもの、色々な個体がいるが――彼らはひととき、この世界から隠れていたことがあるらしい。

《大地の時代》のことだ。

上古の魔法皇国が滅び、荒廃する世界から、精霊族はその姿を消した。

ある精霊族の一団は、混乱し、乱れゆく一方の世界から、世界の柱、世界の礎である世界樹を守るため、彼ら自身とともに精霊の世界へと世界樹を匿《かくま》った。

また、あるものは人の愚かさに見切りをつけ。あるものは知恵ある上位の《魔の眷属》たちに封じられ。あるものは、それでもなお人々を愛し、しかし戦乱に呑《の》まれ――

そうして、ついに精霊族の歌声は、世界から消え果てたのだという。

そうして人々の前から去った世界樹と精霊族を探索し、世界に再び精霊族を呼び戻したことは、《大地の時代》最大の勇者、《神剣の英雄》の最も偉大な功績の一つだ。

そういう時代の移り変わりというものがあって。

だから、たまに《いにしえの時代》に眠りについたか封じられたかした精霊族が、今、この《空の時代》になって遺跡の中で目覚めることもあるらしい。

……スリヤには、あまり実感が無い。

昔のことを、覚えていないのだ。

なんとなく白い霞《かすみ》がかかったように、遺跡で眠りにつく前の、古い記憶が呼び出せない。

お前は恐らく《いにしえの時代》に封じられるか自らを封じるかして、そして目覚めたのだぞと言われても、実感がわかない。

目覚めた時にはそれがずいぶん不安で、自分を見つけたグレイも不機嫌そうでちょっとひねくれているものだから怖くて、警戒したり、当たり散らしてしまったこともある。

ただ、そんな不安も、気づけばすっかり落ち着いてしまった。

日々続く、なんてことのない生活の安心感というものは、やっぱりなんだかんだ、強い。

……ボクってとんでもない寝坊助《ねぼすけ》だな、とか。

寝ている間に、《大地の時代》の邪神騒動で陸地が呑まれた時、そのまま死んじゃった精霊族というのもけっこういるんじゃないか、自分は運が良かったな、とか。

魔術の知識とかはけっこう思い出せるから、《アーケイン＝ガーデン》での一級魔術師の免状もなんとかもらえたし、そんなに食べるのに困らないのはいいな、とか。

今ではもう、そんなことを思うばかりだ。

スリヤは、長テーブルの向こうで渋い顔をして、魚が突っ込まれた麦粥《ポリッジ》をつついている相棒の顔を見つめる。

多分、そんな風に気楽に考えられるのは、彼のおかげなのだろう。

見ず知らずの自分を、なんだかんだと言いながら見捨てずに助けてくれた。

そのまま流れでなんだか相方的な感じに落ち着いてしまったけれど――

「……ね、グレイ」

「なんだよ」

「いつもありがとね」

そう言うと、グレイは目をぱちくりと瞬かせ――

それから、

「引き受けねぇぞ」

と、スリヤの椀《わん》に警戒するように視線を向けた。

「えーっ。ここは男を見せて引き受けるとこじゃない!?　ていうか美少女と間接キスだよ!?」

「だとしてもマズメシをこれ以上重ねられてたまるか！　ていうか自分で美少女とか言うなよ！」

「うっせぇ、てめぇらマズメシマズメシ言うな！」

《モグラの墓穴亭》は、今朝も賑《にぎ》やかであった。

◆

天気は快晴だった。

いつも通りにからりと晴れた青空に、陽光が差し込んでいる。

《アーケイン＝ガーデン》の高度はあまり一定しないが、雲よりも高い位置にあること
も珍しい話ではないのだ。

必然的にあまり雲はかからないし、雨も降らない。むしろこの浮遊要塞が雲海に呑まれ、
濃霧に覆われる回数の方が、年間を通して雨よりも多いかもしれない。

朝食を終えると、二人は雑踏の中、《風穴通り》を《魔導列車》の駅に向かって移動を
開始した。グレイは歩き、スリヤはその傍らにふわりと浮いているが——二人とも青ざめ
た顔で、若干沈鬱な表情だ。

「ボク、学んだよ。料理は士気に関わるってホントなんだね……うぷ」

「……は、腹に入れば同じようなもんだろ」

「つ、強がりやがって、このぅ……」

今日はベアード店長の、久しぶりの大失敗作だった。

べたべたした麦粥《ポリッジ》に生臭い魚が突っ込まれたアレを、皆よく我慢して食べたものだ。

正直無理して食べるより、残しても良かったんじゃないかと今になって思う。

時折、辺りの屋台や料理屋から美味《おい》しそうな匂いがしてくるのが、尚更《なおさら》に恨めしい。

陰鬱な顔で歩いていたスリヤだが、ふとグレイの姿が消えていることに気づいた。

「……あれ？」

首をかしげ、人混みを見回すと――

「ほれ」

「へっ」

差し出されたのは、串に刺された腸詰めだ。

香辛料の振られたそれは、まだ炙《あぶ》りたてなのか湯気が立っていて、脂が滴り落ちそうだ。

「グレイ、これ」

「奢《おご》りだ。……昨日なんだかんだ、奢りの約束すっぽかしちまったしな」

そういえば、そんな約束もした気がする。

《導書院》に報告が終わってから、とか、なんとか。

あれこれあって、すっかり忘れていたけれど――

「覚えてて、くれたんだ」

「忘れるもんかよ」

真顔で言うグレイに、スリヤはきゅっと胸の前で手を握る。

それは――

「……お前相手に食い物の約束すっぽかすとか、いろいろ怖いだろ」

「…………」

スリヤは無言で、じっとりとした視線をグレイに向けた。

「な、なんだよ」

「なんでもないっ」

むくれながら腸詰めの串を奪い取り、かぶりつく。

熱い肉汁がじわりと溢《あふ》れる。

香ばしい香辛料の香り。

こりこりとした食感は、中に軟骨でも入っているのだろう。

「ん〜、美味し！　麦酒《ビール》が欲しくなるね！」

「朝っぱらからオヤジ臭《くせ》ぇなオイ……」

「ボクほどの美少女になればそれも魅力になるって！」

「美、少女……？」

「ここっ！　ここにいるぅっ！」

そらぞらしく左右を見回すグレイに、ぴょんぴょんと飛び跳ねて自己主張するスリヤ。

そんな調子で言い合いながら、二人は歩く。

駅舎も近くなり、辺りに商店や工房が立ち並ぶ一角で、ふとグレイは足を止めた。

「と、ちょっと寄るぞ」

「なに？」

「短剣だ、やっちまったからな」

黒い人狼《ワーウルフ》との戦いで、グレイの短剣は完全に損壊していた。刃《やいば》は圧し曲《へ》がり、圧し曲がったそれを更に叩《たた》きつけた結果、もはや鞘《さや》にも納まらないありさまだ。

「何か代わりを調達しねぇとな。《ソグドの雑貨屋》があったろ」

「あ、そだね」

なんだかんだ言っても予備の武器というのは重要だ。

そして《風穴通り》には、冒険者向けの店も多い。

グレイとスリヤは路地を一つ折れると、少し奥まった場所にある雑貨屋へと足を向けた。

◆

古びた二階建ての建物だった。

一階の戸板は既に開かれており、雑嚢《ざつのう》やらロープやらランタンやら、楔《くさび》やらハンマーやら、白墨《チョーク》やら、干した薬草の束やら魔術薬《ポーション》やら、古い木箱に分類されて、様々な品が並んでいる。特に看板らしきものはかかっていないが、それを見るだけでどのような商いをしている店であるのかは一目瞭然であった。

「おい、ソグド。邪魔するぜ」

グレイは声をかけながら、ふらりと店内に踏み込んだ。

「ひ、ひひ。……い、いらっしゃい」

影の差す奥まったカウンターに、掠《かす》れた声の店番の女、ソグドがいた。

焦茶色のローブを目深にかぶっており、その年齢は定かではない。

その手には、洗っても拭えないほど、薬草の汁や油の汚れが染み付いていた。

「これ、下取りしてくれ」

「……ふ、ふひひ。派手に壊しました、ね。く、屑鉄《くずてつ》屋に売る、くらいしか……?」

「だろうな、分かってる」

圧し曲がった短剣を見せると、ソグドは魔女めいて口元を歪《ゆが》めた。

つっかえながらの掠れ声に、グレイは頷《うなず》く。

「欲しいのは代わりの短剣。あと――」

「あっ、《魔素燃料》の補充もお願いできる?」

「ひ、ひひ……」

二人の注文に、ソグドは頷くと、カウンターの後ろの大きな棚の幾つかの引き出しを開き、求められた商品をカウンターに並べ始めた。

刃物も《魔素燃料》も、それなりに値が張る品だ。

店先に無防備に晒《さら》してあるのは、あくまで見せるための安価な品に過ぎない。

「ん。ボクはこれで」

並べられた《魔素燃料》の容器から、スリヤが一つを指差す。外見こそ怪しげで、客商売をする気があるのか疑わしい人物ではあるが、ソグドの店の品揃《しなぞろ》えが確かであることをスリヤは知っていた。特に疑わないし、迷わない。

「ひひ……ま、毎度。……ぐ、グレイさんには、これなんか、どうです？」

布の上に広げられた幾振りかの短剣のうち。

ソグドがその汚れと傷の目立つ手で示したのは、一振りの短剣だった。

「ん」

抜いてみると、薄暗がりにあって、刃が僅かな光を鈍く反射する。

身幅の広い、分厚い短剣だった。

よくできている。だが若干ながらつくりに甘いところがあるな、とグレイは思った。

「……誰の作だ？」

「ふひひ。あ、新しく独り立ちした、まだ無名の、鍛冶師さんの作、ですが……」

「へぇ」

グレイはしげしげと刃を眺める。

ソグドには不思議な人脈があって、よくこういうものを仕入れてくる。

それなりに腕はあるのに、機会を与えられない新米職人の作。知名度の無さから苦戦する、小さな魔術工房の商品。そういうものが、この小さな雑貨屋にはよく並んでいた。

年季の入った荒くれ者を相手に一歩も引かない値段交渉をする割に、新人冒険者に対して、たまに気前よく値引きしてやっているのも見る。

それがこの女雑貨屋の人柄なのか、趣味なのか、あるいは何か理念でもあるのか。踏み込んだことなど何一つ知らないが、グレイはそんなこの店が、嫌いではなかった。

「お、お安くしておきます、よ?」

「幾らだ」

「ふ、ふひひ。下取り額込みで、《魔素燃料》と合わせて……十万ルクス?」

「十万だな。……ああ、支払いはこいつで頼めるか? 不足がありゃ追加で出す」

内ポケットから取り出したのは、リュイ島で撃破した通常の人狼《ワーウルフ》から採取した、青い《魔石》のひとつ。

おそらく十万ルクス程度の値がつくだろう、とグレイもスリヤも見立てていた。

「ひひ……かしこまりました……」

《魔石》はおしなべてそれなりに高額で、これで取引可能な島も多い。

島の行き来が多い冒険者は、《アーケイン=ガーデン》の外ではあまり通用しない紙の貨幣よりも、《魔石》と金属の硬貨を重宝がる。

「ふ、む……」

ソグドは《魔石》を手にすると、ポケットから小さなライトとレンズを取り出し、様々

な角度から照らしては、仔細《しさい》に検分しはじめた。

　そうしてしばらく。

「さ、査定は、そうですね、じゅ、十二万ルクス……で」

「意外といい値がつくな」

「ひひ……こ、これ、澄んでます、から」

《魔石》の価格はだいたいにおいて、まず大きさ、次いで純度で決まる。

　グレイもスリヤも冒険者のたしなみとして、おおよその大きさから値段を推察できるが、細かい純度までは上手《うま》く判別できない。

　このあたりは熟練の技であり、買い取り交渉で冒険者と商人が揉《も》める部分でもある。

「さ、差額は、二万……ですね」

「ああ」

　釣りとして幾らかの紙幣を受け取る。

　そんなソグドとグレイのやりとりを見ながら、ふと疑問が口をついた、といった様子でスリヤが首を傾《かし》げた。

「ソグドさんって、フードの下はどうなってるの？」

「おいスリヤ」

「あっ、ごめんなさい」

グレイが即座に言葉を挟み、スリヤも気づいた。

屋内で顔を隠しているのだ。火傷《やけど》か何かの痕があって、それを気にしているのかもしれない。気まずそうなスリヤに、ソグドは薄く口元をゆるめた。

「ひ、ひひ……ちがいます、よ……？」

フードを外す。

グレイとスリヤは、目を見開いた。

「荒っぽい人も多いですから……な、舐《な》められないように、ハッタリが利いたほうがいい、でしょう？」

陰気な雰囲気で、黒髪はぼさぼさだったけれど——

「ひひ。まだ、歳が足りないもので……ひ、秘密に、してください、ね？」

ソグドは、若い女だった。

◆

「スリヤおねーちゃん！」

《魔導列車》に乗って、待ち合わせ場所である《導書院》近くの公園まで行くと、エイミーが待っていた。

近くに母親の姿もある。

まぁ、それはそうだろうな、とグレイは思った。

十にも満たない子供を、そうそう見ず知らずの冒険者に預けられるわけもない。

冒険者といってもピンキリだ。真の戦士よ英雄よと称《たた》えられるに相応《ふさわ》しい、品位を兼ね備えた剛のものもいるし、逆にゴロツキやチンピラ同然のものもいる。

母親同伴とはいえエイミーがここに来ることができたのは、グレイやスリヤが彼女を送っていった際に、一貫して礼儀正しく振る舞ったためだろう。

待ち合わせの公園にきても、エイミーがいない。

なぜなら親に冒険者との接触を禁じられて、家に閉じ込められたから――などというケースを、実のところグレイもスリヤも覚悟はしていた。

冒険者の社会的地位とは、そのようなものだ。

「この度は、娘がご無理を申しまして……」

「あっ、いえいえ」

と、恐縮した様子の母親に、スリヤが両手を振って否定する。

「ボクたちが、勝手にエイミーちゃんのお手伝いをしたいって思っただけですからっ」

「いえ。後ほど、きちんとお礼は支払わせていただきますので――」

「そんな、お礼なんて……」

「いや」

と、グレイはスリヤを止めた。

「では、お気持ち、ありがたく頂戴いたします」

すっと、品よく頭を下げておく。

報酬の申し出は、本当に厚意かもしれない。あるいは見ず知らずの冒険者を相手に、無償で仕事をさせて貸し借りを生じさせるのは気味が悪い、ということかもしれない。

……いずれにせよ、下手につつかないほうが無難だ、とグレイは思った。

報酬が出るなら少なくともそれは良《よ》いことだし、実際、無償で仕事をして変な貸し借りを生じさせるのも、後でこじれた時に面倒といえば面倒だ。

善意で何かを「してあげる」ことばかりが良いことではないのだと、グレイは思う。

「おねーちゃん、それで、ロビンをどうやって探すの？」

そんな大人たちのやりとりの意味もわからぬまま。

エイミーが無邪気に小首を傾げる。

「うん、スリヤおねーちゃんの魔術でやっちゃおう」

「まじっ!?」

エイミーの目がきらきらと輝く。

やはり子供といえば、そういうものに憧れるのだろう。

「昨日、ロビンちゃんにゆかりのあるものを用意してって言ったよね。あるかな？」

「うんっ」

エイミーが取り出したのは、白い毛だった。

じゃれている際にでも付着したものだろう。

「それじゃ、《もの探し》の魔術を使っちゃおう」

「《もの探し》？」

「うん、探してるものがどこにあるのか、なんとなーく分かっちゃう魔術だよ？」

「……またいい加減な説明だな」

「子供にむつかしーこと説明してもしょうがないでしょ！」

「まぁ、それもそうか」

魔術と一口に言っても様々な《魔術系統《ブランチ》》があるが、大別して二つの流れがある。

一つは魔力をロジカルに、理性で探求する《論理魔術》と呼ばれる流れ。

もう一つは意志と感性、直観で探求する《混沌《こんとん》魔術》と呼ばれる流れだ。

スリヤが普段、《魔導杖《ワンド》》で行使するのは、《論理魔術》だ。

《論理魔術》は、魔力をある種の流動するエネルギーであると捉える。

そして一定の様式に基づき、定まった手順、定まった動作、定まった言葉で魔力を操作することで、できるだけ均質な結果を顕現させようとするのだ。

そのありようは、《魔導器》技術と非常に相性が良い。

人狼《ワーウルフ》を仕留めた際にスリヤが用いた、ほとんど同一威力の《火球》の連続投射もこれだ。

いにしえの《魔導器》技術の再興に伴って、現在のこの世界で主流となっているのは、この《論理魔術》の流れと言って良いだろう。

一方、《混沌魔術》の術者はまったく異なる発想をする。

そもそも、魔力をそのように解析可能で制御可能な存在であると、彼らは捉えない。

魔力とはもっと曖昧で、複雑で、多面性を帯びた不合理で不可解なものと、彼らは考えるのだ。

彼ら《混沌魔術》の使い手は言う。

《論理魔術》諸派の言うように、魔力が単に流動するエネルギーであるというだけならば、彼らはとうにもっと安定した結果を得られているはずだ、と。

《魔導器》技術がこれだけ発展しても、なお魔術というものが実験室の薬の反応のように、あるいは定まったからくり仕掛けのように、まったく同じ反応を返すことはない。

それは魔力というものが、単に流動するエネルギーというだけではない何よりの証《あかし》だと、そう彼らは主張する。

魔力というのは合理ではなく非合理の存在であり、論理ではなく瞑想《めいそう》や祈りによって磨き上げた直観力や感性で捉え、感情で呼びかけてこそ、その本質に到達できるのだ、と。

それに対して《論理魔術》の諸派は、魔術の再現性の低さ、魔力の挙動の不可解さをある程度は認めつつも、しかし結果にまったく分布や傾向がないわけではない、ということを強調する。そうして、更にそれを理論的に、また理性的に探求することで、魔力の本質に到達できるのだと訴えている。

《混沌魔術》の諸派に言わせれば、それは見せかけの傾向に惑わされた迷走、ということになるだろう。

育ちが良いためそれなりに博識なグレイの知るかぎりでも、この辺りは何とも様々に枝分かれした、複雑怪奇な議論が延々と続いている部分だ。

なんだかんだ《魔導器》の隆盛で《論理魔術》が盛んになっている現在でもそこは変わらないし、細かい部分に至っては専門用語も多く目眩《めまい》がするほどだ。

ただ——

「んーと、それじゃあちょっと集中するねー」

スリヤはその辺り、ざっくばらんだ。

《論理魔術》に造詣が深く、《魔導器》を見事に扱う割に、ふとした折に古くさい《混沌魔術》を持ちだしたりする。

冒険者にありがちといえばありがちな、実用主義だった。

実際、《論理魔術》は用途に向けて術を特化しすぎるきらいがあるので、様々な状況に大雑把《おおざっぱ》に対応できるようにと思えば《混沌魔術》にも需要はそれなりにある。

　こういう「どこかにいるであろう動物の位置を、なんとなく探り出したい」などという仕事に向いているのは、《論理魔術》よりも《混沌魔術》の大雑把さとおおらかさだ。

　そういうわけで辻《つじ》の占い師などは多くが《混沌魔術》の使い手だし、冒険者にも《混沌魔術》の使い手はそれなりにいる。

　現在は傍流に甘んじているとはいえ、《混沌魔術》が《論理魔術》に完全に駆逐されない理由は、このあたりにあるのだろう。

『ル・ラ・ラ――』

ロビンの毛を手にしたスリヤが、歌うように、その可憐《かれん》な唇から言葉を紡ぎはじめた。

『おいで、おいで、子猫ちゃん――』

古い精霊族の力あることばだ。

『怖がらないで、居場所を教えて？』

歌うような詠唱。宙にいくつかのしるしを刻む指先。

『おいで、おいで、子猫ちゃん――』

キラキラと光る粒子が、彼女の周囲に雪のように舞う。

グレイが手にとった《魔力盤《ヴイジヤ・ボード》》の針が、目に見えて変動する。

大きく右に振れ、左に少し戻り、また右に振れ――

『怖がらないで、居場所を教えて？』

そうして大きく右に触れると、ゆっくりと左に戻った。

スリヤがふぅ、と息をつく。

雪のような魔力の輝きは、気づけば凝《こご》って、輝く小さな白い蝶《ちょう》の形をとっていた。

エイミーは、その蝶とスリヤを、キラキラと憧憬のこもった視線で見つめている。

俺も子供の頃は、こういう魔術師に憧れたこともあったな、とグレイはふと思った。

……まぁ、残念ながらグレイに魔術的な才能は無かったのだが。

「よーしよし。ロビンくんはどっちかなー？」

スリヤが問いかけると、光の蝶はふわふわと移動を開始する。

「わぁい！」

と、エイミーが喜んでその方角に歩き出し、母親が慌てた様子で彼女を追う。

その後について歩きつつ、グレイはそっと声を潜め、スリヤに囁《ささや》く。

「おい、なぁ……」

「大丈夫。生きてる感じだったよ？」

囁き返すスリヤ。

二人とも、既に少女が探し求めるツバサネコが、どこかの路地で骸《むくろ》を晒《さら》している可能性も考慮はしていた。

その場合は――あえて亡骸《なきがら》を発見して悲嘆に浸らせる必要もない。見当違いの方角を示して、数日探索に付き合って、「どうやら魔術でも見つからないほど遠くにいってしまったようだ」と誤魔化すつもりだったのだが――

「エイミーちゃんに変な芝居をしなくて済んで、良かった」

「……ああ」

微笑《ほほえ》むスリヤの表情には、僅かな安堵《あんど》が含まれていた。

◆

《モグラの墓穴亭》や《ソグドの雑貨屋》が存在する《風穴通り》も、《導書院》近くの《社通り》も、多くの冒険者が往来するという点では変わりない。

そして冒険者というのは、基本的にはみ出し者であり、荒くれ者としての側面も強い。街中であからさまに抜き身をちらつかせたりはしないものの、武器を携帯し、徒党《パーティ》を組む。

しかし《風穴通り》と《社通り》の雰囲気は、大きく違う。

《風穴通り》が猥雑《わいざつ》で荒っぽい雰囲気で、インチキな露天商や怪しげな屋台が店を構え、喧嘩《けんか》騒ぎなどもそれなりに起こるのに対して、《社通り》ではそのようなことはない。通りは綺麗《きれい》に掃き清められ、みな『お上品に』振る舞っている。

これはこの近辺に《導書院》や、それに関連した様々な研究機関、そしてその家族の住宅が存在するためだ。街のあちこちで《治安局》の巡視が立ち番をして目を光らせているし、警邏《けいら》の回数も極めて多い。

この通りで仮に意図的に大きな騒動を起こした場合、《風穴通り》で同じことをした時よりも、数段厳しい処罰を覚悟しなければならないだろう。

「ねぇ、ちょうちょさん、どっち？　……こっち？」

「うん、こっちだって言ってるね！」

「はぁい！」

いびつな構造だな、とグレイは思う。

様々な島、様々な経済的階層から飛び込んでくる荒くれ冒険者と、お上品な育ちをした知的な連中がこの通りを同様に利用するから、治安の維持にこれだけのコストをかけなければならないのだ。

たとえば《導書院》が、冒険者向けの依頼対応を行う施設をもう少し下町寄りの地域に造ってしまえば、こんな妙な混在も無くなるのだろうが……いや、それはそれで社会階層の流動の停滞とか閉塞とか、何かしら良くない影響もありそうな気がする。

それに《導書院》のホールに人と情報を一元化して集めているのにも、何かしらの意図があるのかもしれない。実際にインテリの研究者と友人になり、そちらの依頼をよく受け続けた結果、学術調査の専門家として知られるようになった冒険者などもいるのだ。

　こういう異文化同士の接触と、そこから生まれる何ものかに対する期待があるのだろうか。

　いや、深読みのしすぎか。

　単に、諸々《もろもろ》の流れで《導書院》で依頼の斡旋《あっせん》を行うようになり、それに冒険者が集まるようになったこの急速な流れに、未《いま》だ《導書院》が対症療法しか行えていないだけかもしれない。

　……まぁ、何事も上手《うま》く進まないのが世の中だ。

《変異体》騒ぎで滞る島々の交易。それに伴い売り惜しみや投機で上昇する物価。なかなか塞がれない縦穴たち。《魔石》の供給不安定による《魔素燃料》の価格の乱高下。

　文明的に見える《アーケイン＝ガーデン》だが、路地裏を覗《のぞ》けば孤児もいれば物乞いもいる。治癒の魔術や衛生観念も発達しているとはいえ、疫病の流行もある。

　そういった問題に対して、《アーケイン＝ガーデン》の議会や《治安局》、あるいは《導書院》の対応も完璧ではない。

　この空の島は、けして理想郷ではないのだ。……少なくとも、今はまだ。

　だから、この《社通り》の現状も、そんなままならなさの一貫で――

「あの」

「……っと」

グレイはぼんやりと続いていた、埒《らち》もない思考を打ち切った。

声をかけてきたのは、エイミーの母親だった。

「なんでしょう」

咄嗟《とっさ》に、丁寧な言葉遣いに改める。

グレイは、基本的にぶっきらぼうで人付き合いの苦手な男だ。

先ほどのように内的な思考にのめりこみ、スリヤにからかわれることも珍しくはない。

それでも彼は、礼儀というものの意味を解さない蛮人ではないのだ。

依頼人に対して、相応の態度は心得ていた。

「……その、よろしかったのでしょうか？」

気遣わしげに問いかけてきたエイミーの母親は、まだ若い。

少し垂れ目で、おっとりとした印象の女性だ。ふんわりとした笑みが、よく似合う。

「よろしいとは、何がでしょう」

「その、お二人とも腕の良い方でしょうに、娘のこのような依頼を受けて頂いて……娘が、ご無理を申したのでは、と」

そういう彼女が目を向けていたのは、スリヤの《魔導杖《ワンド》》だ。

彼女の《魔導杖《ワンド》》は、使い手であるスリヤがこだわり、それなりに金銭をかけている。あちこちから部品を仕入れて、大分カスタマイズもしているようだ。見る人が見れば、十分にその価値も分かるだろう。

――どうやらエイミーの母親は、《魔導器》の類の価値を解するらしい。

「…………」

グレイは無言で、肩をすくめた。

「なに。俺たちは冒険者って言われてますが、別に毎日毎日、飛空艇に乗って未知の島に突入して、《魔の眷属《けんぞく》》と戦って遺跡に潜っての、大冒険を繰り広げてるわけじゃないんですよ」

冒険者にはそういうイメージもある。

実際に、そういった冒険者へのイメージが間違っている、などとグレイは言わない。

この《空の時代》、志しさえすれば、誰もが夢見るような冒険の種はあちこちにあるのだ。けれど――

「冒険した、帰ってきた、それなりに稼ぎもある。だけど一息ついて体を休めりゃ、あとはもう一日ごとに稼ぎは減るばかり」

そんな現実もまた、冒険者の生活だ。

「だから猫探しだろうが、手紙の配達だろうが……いっそドブさらいだって、立派な冒険者の仕事だと思っていますよ、俺は」

そう言って、グレイはぎこちなく笑った。

笑みを作るのは、あまり得意ではない。

「こんな回答で、ご納得いただけますか？」

「……なんとなくは」

「そりゃ良かった。それと、これは実は営業も兼ねてるので」

「営業ですか？」

「ご家庭やご近所さんでも、何か大きな問題があったときは、《風穴通り》は《モグラの墓穴亭》の、グレイとスリヤにご依頼を」

「まぁ」

エイミーの母親が、笑みを浮かべた。

グレイも、今度こそ自然に笑った。

そんな風にして、どことなく和やかな雰囲気のまま、四人は輝く蝶《ちょう》を追って《社通り》を歩いてゆく。

そのうち道を曲がり、路地に入り――

「……あれ？」

先頭を歩くスリヤとエイミーが、立ち止まる。

目の前に、いつかの縦穴があった。

昨晩グレイと問答をした、あの縦穴だ。

「どうした、スリヤ」

「んー、それがね、グレイ」

スリヤは縦穴を見る。

「蝶がね、下のほうに行きたがってる感じがするんだけど」

見れば輝く蝶は、縦穴の上を、くるくると円を描くように往復している。

「……は？　いや、ツバサネコがいくらか飛ぶっつったって、普通そこまでは入り込まねぇだろ」

「だよねぇ、でも……」

確かにこの感じは……と、スリヤは首を傾《かし》げる。

その時だ。

ガチガチ、と音がした。

「……ッ!?」

グレイの腰。

提げられた簡易の《魔力盤《ヴイジヤ・ボード》》が、許容値を超えた魔力に警告めいた音を鳴らしていた。

◆

「待て、おい、どういうことだ」

《社通り》の縦穴の近く。

人気のない路地で、グレイは呻《うめ》いた。

昨晩、ここに立ち寄った時には無かった、《魔力盤《ヴイジヤ・ボード》》が警告音を立てるほどの魔力値。

それは《アーケイン＝ガーデン》内部の、しかも特に魔力研究の設備があるわけでもない場所で観測して良い数値ではない。明らかに魔力汚染——《魔の眷属》が発生するほどの魔力溜《だ》まりの生成——を疑わざるを得ない濃度だ。

「エイミーちゃん、ここにいて。お母さん、エイミーちゃんを見てて下さいっ」

グレイの反応と、手にした《魔力盤《ヴイジヤ・ボード》》の反応を見て、スリヤも《魔導杖《ワンド》》を手に警戒態勢に移る。

よどみない反応だ。

エイミーもその母親も、二人の反応に異常事態であることを察したのか、素直に従う。

「…………」

グレイはスリヤが母娘を守っているのを確認すると、慎重に《魔力盤《ヴイジヤ・ボード》》の針を確認しながら歩き出した。

縦穴に近づくと、《魔力盤《ヴイジヤ・ボード》》の警告音が増す。

縦穴から遠ざかると、《魔力盤《ヴイジヤ・ボード》》の針はゆっくりと左に回ってゆく。

念の為《ため》に幾つかの調整を行い、誤作動の可能性を排除すると、もう――

「ここが原因、か」

疑う余地なく明らかに、縦穴の内部から、異常な魔力が噴き上がっているのだと、断定せざるをえなかった。

「……《魔素燃料》が漏れてるとかじゃねぇだろうな」

《アーケイン＝ガーデン》の内部各所には、島々を空に浮かべる大魔術の基となる、複雑な《魔導器》機関が存在する。それは幾重もの冗長性に守られた、現代でも再現不能な、極めて高度な《魔導器》機関だ。当然ながら動力として、導管を通じて相当量の《魔素燃料》が、島の内部を行き交っている。

これを意図的に破損させることは、《アーケイン＝ガーデン》の維持そのものに関わる。議論の余地のない重罪だ。

とはいえ宿無しの孤児などが導管に分岐を作り、極微量の《魔素燃料》を盗み出して、ジャンクからでっちあげた《魔導器》で暖を取る程度は、《治安局》も目こぼししている節があるのだが。

であれば、経年劣化で導管のどこかが破損したか、あるいは《魔素燃料》のおこぼれにあずかろうとして、どこかの宿無したちがやらかしたか――

そう推論を立てるグレイだが、

「ううん……《魔素燃料》が漏れたくらいで、こんなおかしな数字は出ないよ」

それをスリヤが否定した。

「《魔素燃料》は基本的に、魔術的な操作を加えなきゃ安定した性質だから。……錬金系の《魔術系統》《ブランチ》の実験室から危険なガスが漏れた、みたいなのとはわけが違うよ」

「じゃあ、何だ？」

「そんなのボクにも分からないよ。誰かがこっそり、縦穴の奥で人に見られちゃまずい儀式か何かをしてるとか……」

あるいは、と顔をしかめ。

「機関の深刻なトラブルとか、邪教団や高位の《魔の眷属》とかの、破壊工作とか……？」

「……いずれにせよ、愉快な方向じゃねぇし軽度の事態でもねぇか」

咄嗟にグレイが思ったのは、《導書院》と《導きの福音書》は何をしている、ということだった。

予言書の予知があれば、こんな事態は――と、そこまで考えて、気づいた。

思い出すのは昨日、導書院のホールで見た空図の投影だ。相当量の密度と文量の予言が記載されていた。

このところ各地で深刻な事件が多発し、《導きの福音書》も予言を多数出している。

下手をするとその分量に、《導書院》の解読と解析が滞っている可能性があるのではないか？

——その証拠に、今朝から《神剣の騎士》は島を出ている。

おまけに、魔力濃度の異常はまだ縦穴の近辺にとどまっているようだ。《治安局》も《導書院》も、事態を察知していない可能性が高い、と考えざるを得なかった。

「ね、ねぇ、グレイ。今すぐ《導書院》いって通報してこよっ？　……これ、大事だよ」

スリヤが、ぎゅっと《魔導杖《ワンド》》を握った。

これほどの異常だ。通報すれば、いずれの機関も動いてはくれるだろう。

大きな問題が起こっているからといって、好んで嵐に立ち向かう必要はないのだ。

しかるべき人々に対処を委ねて。

身を潜めて、やりすごせば——

「……ねぇ」

幼い少女の声があがった。

「おねーちゃん、おにーちゃん。……あぶないこと、なの？　ロビン、どうなっちゃうの？」

泣きそうな声だった。
「……しんじゃう、の？」
その声に。
その潤んだ瞳に。
スリヤも、グレイも、一瞬だけ呆然《ぼうぜん》として——それから、歯噛《はが》みした。
この《アーケイン＝ガーデン》の内部で、今なにか不味《まず》いことが進行しているのは、確定だ。
恐らく、二人の手に負えないような深刻な問題が。
その渦中で、猫探しを、続行することは——
「エイミーっ。お兄さんとお姉さんを困らせるんじゃありません」
「でも……っ！　でも……う、ぅぅぅ～……」
胸を引き裂かれるような、涙声。
グレイは、ぎり、と奥歯を噛みしめる。
たとえエイミーのために、縦穴へ突き進んでも、グレイたちには何の得もない。
何も得られないばかりか、命の危険さえあるだろう。
正しさを言うなら。安全を言うなら。利害と損得でものを考えるなら。
ここは、ぜったいに退くべきだ。

それが、夢破れたものの生き方で。

そういう風に生きようと、決めたはずだった。

けれど。

けれど――

「なぁ、スリヤ」

「うん、なに？」

ひとつ息を吸い。

幼い少女の泣き声が響く中。

灰髪の青年は、褐色の少女を見た。


「……冒険をしたい。付き合ってくれるか？」


まっすぐに。

背筋を伸ばして、顎を引いて。

発された言葉に――

「うんっ」

スリヤは、花が咲きこぼれるように、笑った。

「あったりまえだよ！　相方だもん！」
エイミーの泣き声が、止まる。
彼女と、彼女の母親は、呆然とグレイたちを見ている。
……利害だけで考えるなら、リスクが多く、得も少ないろくでもない選択だ。
自分でも、それは分かる。
けれど——自分の命が危ないからと、誰かの大切なものを捨てさせてしまったら。
そうしたらもう、終わりだと思った。
多分、もう二度と、あの銀色の髪の騎士の前に立つことさえできなくなる。
あのすみれ色の瞳を、正面から見ることが、できなくなる。
今度こそ、自分はほんとうに、夢を失ってしまう。
「…………」
幼いころの約束が、脳裏をよぎった。
——英雄になろう、と。
そう言い交わして、笑いあった。
何よりも大切な、温かくて、輝かしい記憶。
もうすっかり、くすんでしまったはずのそれは——
どうやらグレイの胸の底で、まだ、きらきらと輝いていたようだ。

深くて暗い海の底に、誰かが落としてしまった宝石のように。

だから……もう一度だけ。

もう一度だけ、挑んでみようと思った。

「エイミー。……俺たちはロビンを探してくる」

縦穴に視線を向ける。

危うげな雰囲気は、増していた。

恐らく相当の危険が待っているだろう。

「ここから先は危ないからな。お前は母さんと一緒に、《導書院》に事を知らせにいって、保護してもらえ。あそこなら安全だ」

おにーちゃん、とエイミーは瞳を潤ませた。

「――いいの？」

「いいさ」

胸の内に、暖かい熱が灯《とも》っていた。

いける、と。

大丈夫だ、と。

胸の内の熱が、そう告げている。

「なに。心配するなよ。……俺たちは、冒険者だぜ？」

そうだ。

冒険者は、冒険をするものだ。

もちろん冒険者だって、別に毎日毎日、飛空艇に乗って未知の島に突入して、《魔の眷《けん》属《ぞく》》と戦って遺跡に潜っての、大冒険を繰り広げているわけじゃない。

帰ってきて、一息ついて。合間に猫探しだって、ドブさらいだって、する日もある。

——けれど、猫探しから大冒険を繰り広げる日があったっていいと、そう思った。

三章

ロープを垂らして降りた、縦穴の底。

土砂や石材の層を抜けた先、鋼材や導管が入り乱れたそこは、さしずめ《アーケイン＝ガーデン》の腹の中だ。普段であれば低音の、機関の唸《うな》りが響くばかりであろうそこには、薄暗い靄《もや》のような何かが広がり始めていた。

《魔の眷属》は魔力が異常に凝集し、不安定となった……つまり、汚染された場から現れる。魔力汚染と呼ばれる現象だ。今、高濃度の魔力の集中によって、まさに《魔の眷属》が《アーケイン＝ガーデン》の地下各所に湧出しようとしているのだ。

「……それで、どうするの？」

《魔導杖《ワンド》》から《照光》の魔術を投射して光源を確保しつつ、グレイの後ろに立ったスリヤが問いかける。

その肩には輝く蝶《ちょう》が止まり、時折ぱたぱたと羽ばたいては、行く手を指し示している。

「……そうだな」

エイミーと彼女の母親には、既に《導書院》への通報に向かってもらった。問題の縦穴と《導書院》は近い位置だし、彼女らは《社通り》に住まう身元の確かな人物だ。

通報がなされない、あるいはそれが信頼されない、ということはないだろう。

《導書院》の受付が問題の程度を大きく見誤り、対応をしくじらなければ、時計の長針が半回りもしないうちに何らかの対応がなされるはずだ。故に――

「まずはできるだけ静かに、《魔の眷属》どもを避けて進む。……依頼は猫探しだ。無茶をする気はねぇよ」

そう言って、グレイは肩をすくめた。

「ただ、できるなら汚染調査にやってくる後続のために、情報を持ち帰りたいところだな」

手持ちの情報は少なく、誰もが現在、何が起こっているのかすら把握しきれていない。この状況が、ある種の事故なのか、それとも計画的なものなのか、それすらも分からないのだ。

であれば、指針も曖昧にならざるをえない。

恐らく通報を受けた《導書院》も、これは同じだろう。

地下は今いったいどんな状況になっているのか。《魔の眷属》はどれほど地下に出現しているのか。汚染の度合いは。範囲は。中心点はどこか。

……それすら分からない現状で、果断な手は打てない。

仮に即座に強力な戦力を動かせる状態であったとしても、闇雲に投入してはこの地下の

迷路じみた道に惑わされて迷走し、時間を浪費してしまう可能性もある。ゆえに、

「……恐らく《導書院》も手間取る」

緊急の依頼という形で冒険者を雇いあげて、縦穴からの《魔の眷属》の出現に備えつつ——熟練の斥候《スカウト》たちを偵察に派遣し、状況を確認。

汚染の中心を特定、その後に突入、という形が取られる公算が高い。ただ——

「スリヤ、ロビンの居場所は？」

「あっちの方角だね。蝶があっちに行きたがってる」

「やっぱ、汚染の中心、か」

輝く蝶を肩にとまらせた褐色の少女の言葉に、《魔力盤《ヴイジヤ・ボード》》を確認した灰髪の青年が眉をひそめる。高濃度の魔力環境に対応するため、感度を落とした《魔力盤《ヴイジヤ・ボード》》だが、それでも輝く蝶の指す方角に向かうと針が右に動く。

「……ひょっとして、ロビン、巻き込まれてる？」

「だとすると、幸運だ」

「幸運って……」

「いや、幸運で間違いねぇよ」

グレイは笑った。

「まとめて解決できる」

野良のツバサネコと、魔力汚染に何の関わりがあるのかは分からないが――もしロビンがこの事態の中心近くにいるというなら、話は早い。

魔術を使って探索しようにもとっかかりとなる対象が無い《導書院》の斥候《スカウト》たちと違い、明確な対象の存在するスリヤの《もの探し》の魔術は、魔力汚染の中心まで導いてくれるだろう。

仮に関係が無かったとしたら、それはそれで構わない。ロビンを救出し、得られた分だけの情報をもって《導書院》に報告に戻れば良《よ》いと、グレイは言った。

「なるほど、いいね！」

「乗り気だな」

「そりゃあね！　冒険だよ、冒険っ！」

スリヤは薄い胸を張る。

「大都市の地下！　複雑な迷宮！　謎の魔力汚染！　うごめく《魔の眷属》！」

「それに救出すべき動物に、涙を止めてやるべき女の子、ってか」

「おうさっ、これってカンペキじゃない？　ボク、ワクワクするよっ！」

「はは」

片目を瞑《つぶ》ってみせるスリヤに、灰髪の青年が口角をつり上げた。

「確かにそうだ。こんな冒険、滅多に経験できねぇや」

「でしょ?」

「ああ。……こりゃ、あれだな」

グレイの浮かべる笑みは、もういつもの力のない笑みや、皮肉げな笑みではない。

牙を剝《む》くような、獰猛《どうもう》な笑み。

挑みかかる笑みだ。

通路の奥、曲がり角の先から、機関の唸りに紛れて、ひたひたと足音がする。

グレイは唇を軽く舐《な》めると、剣を握り直した。

「気合を入れて——」

飛び出してきた低位の《魔の眷属》たる子鬼《ゴブリン》数匹。

「やってみっかッ!」

瞬く間に手首を落とし、脇腹を斬り裂き、首を刎《は》ね、殲滅《せんめつ》する。その辺りに転がる石塊《いしくれ》や金属パイプで武装した程度のゴブリンと、鍛えられた剣士とでは、勝負にもならない。

更に、新たな足音。恐らく同様にゴブリンの群れだろう。

グレイとスリヤは手早く幾つかの《魔石》を剝《は》いでポーチに放り込むと、再び身構え、黒鉄色の通路の奥へと移動を開始した。

◆

《アーケイン＝ガーデン》は上古の魔法皇国の皇都であり、当時最先端の《魔導器》技術でもって築きあげられた、浮遊する鋼の城塞だ。

その内部構造は繰り返された増改築と、《這《は》い寄る闇》との決戦、そして経年劣化による崩落などが重なり、各所に未確認部分が存在する。だが──

「なんだこりゃ」

グレイは顔をしかめた。

「うぇぇー……なにこれ」

スリヤも困惑に顔を歪《ゆが》めている。

あれから更に幾つかの《魔の眷属《けんぞく》》の集団を撃退し、あるいはやりすごし、ツバサネコのロビンを探しつつ、魔力汚染の中心点へと向かっていた二人だったが。

足音をひそめ、金属の通路を歩んできた彼らの前に現れたのは、異様な光景だった。

……金属の壁が融解していた。

どろどろと、飴《あめ》細工のように溶け落ちている。

その溶けた壁の先には、地層が顔を出しており──そこに土を掘って作ったと思《おぼ》しき狭い通路が、ひゅうひゅうと、不気味な風音とともに暗い口を開けている。

風音がするということは、先が行き止まりということではないだろうが、歩いて通るのは困難だろう。

言わなければならないような、小さな道だ。

「もしかして、犯人が壁を溶かして横道掘ったの？　わざわざ？」

「いや。……人間が掘ったなら、人間サイズに合わせた通路にするだろ。あと、溶かした壁に偽装もするはずだ。《幻影》の魔術なんかをかけるとかな」

「となると、《魔の眷属》が掘った感じ？」

「だろうな」

「やっぱりかぁ……」

「……どうした？」

スリヤが、実に嫌そうな顔をしていた。

「どうした？」

それを訝《いぶか》しんだグレイが尋ねると——

「うん、それがね？」

乾いた笑い。

「……蝶さん、この奥だって言ってるんだけど」

スリヤの肩に輝く、《もの探し》の魔術によって生み出された蝶は、穴に頭を向けてはたはたと羽を動かしていた。

しばし、沈黙が落ちる。

「……マジかよ」

「……マジっすよ」

どうしたものかな、とグレイは顔をしかめる。

多少、狭苦しい場所でも剣を振るうには問題ない。

その程度の修練は積んでいる。ただ――

「いくらなんでも、ここで剣は振れねぇぞ」

片手を広げるのが精一杯の横幅。

天井は、立ったグレイの腹か胸程度の高さまでしかない。

閉所恐怖症ならば少し入っただけで恐慌を起こしかねない、通路というのもおこがましい穴である。もし穴に相応のサイズの《魔の眷属》に襲われた場合、剣どころか、短剣のほうでもまともな戦闘ができるか怪しい。

そのうえ――

「崩れないかなコレ……」

きちんとした補強のなされた坑道などではない。《魔の眷属》が掘った穴なのだ。

崩れれば逃げ場もなく、上方からのしかかってくる膨大な土砂に埋もれ――死ねればいいが、死ねなければ更に苦しむことになる。

悪い想像を膨らませると、キリがない。

「…………」

「…………」

二人の間に沈黙が落ち、

「ええい女は度胸っ！」

と、スリヤがぐいと穴に頭を突っ込んだ。

肩から輝く蝶《ちょう》を奥に先行させる。

「おいおい大丈夫かよ」

「ボクなら口と指先さえ動けば魔術で戦えるし、ボクのほうが小柄だからね。グレイが先頭進むよりマシだよ！」

グレイもスリヤも少人数で組む冒険者の嗜《たしな》みとして、本職の斥候《スカウト》ほどではないが、それなりの探索技術を持っている。野外で獣の痕跡を辿《たど》ったり、遺跡で簡単な罠《わな》を発見、解体する程度は可能だ。

その上で、普段グレイが先頭を務めているのは、単にグレイがそれなりに優秀な剣士で、突発的な遭遇戦に対する対応力がスリヤよりも高いからだ。

その剣技が封じられる状況なのだから、代わってスリヤが先頭をゆく。

理屈では正しいが――

「それをズバッと選択できるのが、お前のスゲーとこだよなぁ」

人間、固定観念というものがある。

魔術師が先頭をいって、剣士が後ろからついてゆく。

その形に組み替えようという決断に即座に至るには、なかなかの切り替えの早さと度胸が要求される。

「へへーっ。凄《すご》いでしょ、もっと褒めて！」

「はいはいすごいすごい」

「うわ雑っ」

ひとしきり言葉でじゃれあい、緊張をほぐすと、スリヤは《魔導杖《ワンド》》を手に、這うようにして小さな通路に入っていった。

グレイも聞き耳を立て、辺りの気配を確認し、自分たちを見ている存在がいないことを確認してから後を追う。

……ゴブリンあたりに戻り口を塞がれたら、洒落《しゃれ》にならない。

「む」

穴の中は、予想以上に動きづらかった。

磨かれていない、掘り抜いたばかりの凹凸の多い穴だ。

特にグレイはそれなりに上背があり、体を鍛え込んでもいる。

装備や体が、あちこちにひっかかりそうになる。

この調子では、スリヤも先行に苦労をしているだろう。

「……大丈夫か？」

そう言って視線を向けると――

目の前に、スリヤの腿《もも》と尻があった。

健康的な褐色の腿と、きゅっと引き締まった尻が、スリヤが身動《みじろ》ぎするたびにふりふりと揺れる。

「…………」

「んっ、なんとか平気……」

心なしか、声まで悩ましげに聞こえる。

いや、それは気のせいだ。単に狭い通路に苦戦しているだけだろう。

「…………」

グレイは静かに目を逸《そ》らした。

「……？　どしたの急に黙りこん――あッ!?」

後ろに向けて蹴りが繰り出されるのを、危ういところで回避する。

「ぐ、グレイのスケベッ!?　どこ見て」

「待てっ。分かった、分かったから声下げろっ」

小声で注意する。

明らかに戦闘向けの状況でないうえに、《魔の眷属》との会敵も想定される状況だ。むやみな大声は好ましくない。

……とはいえ声を上げる理由もわかるので、あまり強くは言えないのだが。

「む、むぅう……」

「っていうか、見ねぇよ。横に目ぇ向けてるから、さっさと行け」

「ほ、ホントにじろじろ見てたら怒るからねっ」

そう言い残して、スリヤはどんどんと進んでゆく。

グレイも目を逸らしながら前に進むが——それでも、なんというか、目の前に揺れていれば本能的に視線が向いてしまうものというのは、ある。

這い進む形になる以上、スリヤもそうそう後ろのグレイの視線の向きなど確認できないわけで……

それは自制心と本能の、静かな戦いであった。

「…………」

そうして結論から言えば、グレイの自制心は勝利を収めた。

虚《むな》しい勝利だった。

◆

「むぅぅ～……」

穴から這い出し、別の通路に出た後も、スリヤは膨れっ面だった。

その頬や耳は、僅かに朱に染まっている。

「グレイ、さいてー……」

上目遣いに、睨《にら》みつけられた。

グレイは目を逸らす。

「見てねぇよ。っていうか先頭進むって言って入ってったのお前だろ」

「き、気づいて声かけてくれるくらいはしてくれてもよかったんじゃないかなぁっ」

「気づかなかったんだよ。それに普段はべたべた触ってくるくせに、こういう時だけ見るなとか理不尽じゃねぇか？」

「自分でするのと人にされるのは違うのっ」

「めんどくせぇなぁ」

「……………めんどくさい女の子は嫌い？」

ふと声のトーンが変わった。

窺《うかが》うようなその声に、灰髪の青年は肩をすくめる。

「お前は口に出してくれるだけマシだな。いつかクマ店長に聞いた話みたく、不満溜《た》めこまれていきなり激発されると手に負えねぇし」

「……そういうパーティの離散話とか、けっこうあるよねぇ」

「異性間の相互不理解って怖《こえ》ぇよな」

「親しいほど逆に、分かっててくれるはずだ！　とか当然のようにやっちゃうもんねー……って、そういう話じゃないんだけど」

スリヤは最後、ひどく声を潜めた。

「？　なにか言ったか？」

「なーんでもないっ」

そんな雑談を交わしながらも、両者ともごく自然に警戒は怠らない。

グレイの手は剣の柄《つか》にかかっているし、《魔導杖《ワンド》》を握るスリヤも辺りへさりげなく視線を巡らせている。

探索《サーチ》に慣れ、緊張のしどころと弛緩《しかん》してよいタイミングを心得た、熟練の冒険者の所作だ。駆け出しの冒険者は、常に警戒を怠らずに進もうとして、気を張りすぎて肝心な場所で集中力を欠くことがある。

常在戦場を武人の理想像とする流派もあるが、それはあくまで理想だとグレイは思う。緩めるべきところで緩め、引き締めるべきところで引き締める。

それが剣士の理想のありようではないか――と、あの銀髪の幼なじみと語り合ったのは、いつの日だったか。

「………………」

ふと、訳もなくそんなことを思い出して、グレイの口元に苦笑が浮かんだ。

そのまま輝く蝶の導きに従って通路を進む。……蝶の動きは、少し緩慢になってきていた。進むにつれ、魔力濃度がどんどんと上がっているためだろう。

と、長方形の長い部屋に出た。

元は何かの倉庫であったのだろう、広大な空間だ。だが――

「……うへ」

「うわぁ……」

今はその広い部屋は、そこかしこに、粘性を帯びた白い糸に満ちていた。

部屋の隅には同色の繭が大量に並んでいる。

中で蠢《うごめ》いているのは――

「蟻《あり》？」

と、スリヤは顔をしかめながら呟《つぶや》いた。

「……ジャイアントアントか」

文字通りの巨大な蟻の形をした《魔の眷属《けんぞく》》だ。

個々の戦闘力はさほどでもないが……蟻と同じく女王《クイーン》によって繁殖し、大地をえぐって巨大な巣を展開するジャイアントアントは、放置しておけば一島を滅ぼすにたる脅威だ。

仮に女王蟻を発見した場合、冒険者は可能であれば討滅、不可能であれば確実な報告を行うようにと、《導書院》からも他の《魔の眷属》への注意の呼びかけとともに告知されている。

「……どうりで壁が溶けてるわけだ」

ジャイアントアントたちは、蟻酸《ぎさん》めいた強酸性の液体を毒腺から噴出することがある。

これと、土を掘るのにも用いる鋏《はさみ》めいた口器がこの《魔の眷属》たちの主な戦闘方法であり、巣の拡張方法でもある。

今回もその例に漏れず、金属壁を酸で溶かし、鋏めいた口器で土を掘り進めながら、巣穴を広げているのだろう。

つまり――

「……これすっごくまずいよね」

「ああ」

危険な事態が進行していることは、明白だった。

幼虫たちの繭があるということは、一島を滅ぼすにたるジャイアントアントたちの、その女王蟻がいる。それも、この《アーケイン＝ガーデン》の地下に。

何者かが女王蟻を召喚したのか、持ち込んだのか、あるいは偶然、事故的な魔力汚染によって発生したのかは未《いま》だもって不明だが――

「このまま放置したら、島が落ちるぞ」

ジャイアントアントたちが、《アーケイン＝ガーデン》の根幹をなす《魔導器》機関について斟酌《しんしゃく》するとは思えない。

導管を溶かし、島の地盤のあちこちを穴だらけにしてゆけば、待っているのは逃れようのない破滅だ。

……浮力を失い、多くの悲鳴と破砕音とともに、地の底へと落ちゆく島。

控えめに言ってもあまり愉快ではないその想像に、グレイとスリヤは顔をしかめた。

と、その時だ。

甲高い叫び声が響いた。

人間のものではない、動物のものだ。

「――！」

「……！」

二人はすぐさま、倉庫の奥へと駆け出した。

◆

倉庫の奥の空間には、いくつもの檻《おり》が積み上げられ、不快な臭いが充満していた。

あちこちの檻の中に、衰弱し、毛艶も衰え、ぐったりと横たわる動物たちの姿がある。

「ちッ」

「なにこれ、ひどい……っ」

グレイが鋭く舌打ちし、スリヤが押し殺した怒りの声をあげる。

動物たちは明らかに人為的に集められ、そしてろくな給餌もされてこなかったことが明白だ。

けれど、それらの光景を悠長に見つめている時間はなかった。

積み重ねられた檻の奥。

溶かされた檻に、巨大な赤黒い蟻たちが、幾匹も群がっていた。

衰弱した――あるいは既に死した動物たちが咥《くわ》えられ、引きずり出されてゆく。

「キュっ！　キュルっ！」

その中に一匹だけ、檻の奥で威嚇の叫びをあげる動物がいた。

探し求めたツバサネコ、ではない。

それはリスとオコジョをかけあわせたような動物だった。

黒のつぶらなひとみに、恐らくはかつては柔らかであったであろう、ぼさつきくすんだ茶色の体毛。尾が体格に見合わぬほど長く、しなやかで、まるで猫のようだ。

見慣れぬその動物は、全身の毛を逆立てて、蟻たちを威嚇しているが……体格の差はいかんともしがたい。

無機質な複眼でオコジョリスを見つめるジャイアントアントの一匹が、ついにその口器を広げ、鋏状の大顎でそれを捕らえようとし——

「投射《キャスト》！」

横手からスリヤが放った《衝撃》の魔術によって、吹き飛んだ。

人間ほどもある巨大な蟻が、幾度も床を跳ね、壁にたたきつけられる。

「グレイっ！」

「おうっ！」

スリヤが立て続けに放つ《衝撃》の支援を受けながら、グレイは床を蹴って群れの中に斬りこんだ。

……蟻型のこの《魔の眷属》は硬い甲殻を有する上に、低い位置を這《は》う。

槍《やり》や連接棍《フレイル》でも持っていれば別だが、剣ではやや戦い難《にく》い相手だ。

「ふッ！」

しかし、それも関係なしとばかりに灰髪の青年は剣を躍らせた。

蟻に似たこの《魔の眷属》には、多くの昆虫と同様、大きく分けて頭部、胸部、腹部の三つの部位がある。グレイはその、胸部と腹部の継ぎ目——細くくびれた、腹柄《ふくへい》と呼ばれる箇所に、小さく、鋭い動きで剣を繰り出す。

《魔石》の埋まった胸部と、不気味に膨れた腹部が寸断される手応え。

足や腹を狙って噛《か》み付いてくる蟻たちの攻撃を床を鳴らして回避すると、更にもう一匹を斬り裂く。無駄のない動きで、二匹目、三匹目と解体し——四匹目が蟻酸を放とうとした瞬間、グレイは横に跳ねた。

「投射《キャスト》！」

無言で連携したスリヤの《衝撃》が、蟻酸を噴出しようとした個体に直撃し、他の個体をも巻き込んで壁へと叩《たた》きつける。

……それからものの十数秒で、辺りにはジャイアントアントたちの骸《むくろ》が散乱することになった。

「っし……」

斬り捨てた《魔の眷属》たちが確かに死亡したかを確認すると、グレイは檻をざっと見て回る。

既に、多くの檻が溶かされて壊され、中の動物たちは蟻に持ち去られたようだ。

残った檻には、衰弱した動物が何匹も押し込まれていたが——そこに、ツバサネコは見られない。

「ここじゃねぇみてぇだな……スリヤ、蝶《ちょう》は……」

と、振り向いたグレイの先。

スリヤの肩に止まっていた蝶が、震えている。

同時にグレイの腰で、ガチガチと《魔力盤《ヴイジャ・ボード》》が警告音を発する。

ほとんど魔術の才能のないグレイにも分かるほど、巨大な魔力のうねり。

次の瞬間には、輝く蝶は粒子と化して崩れ散っていた。

「……くそ」

「濃度が高まりすぎちゃったんだ……」

魔力の濃度が高すぎる場所では、単純な魔術は威力を増すが、繊細で複雑な構成の魔術は効力を維持しづらい。

探知系の術など、まさにそれだ。

「ど、どうしよう……」

「どうするったって、探れねぇんじゃもうどうしようもねぇぞ」

「けど、ロビン……きっと、ひどい目にあってるよ」

「……ああ」

ここに押し込められている動物たちの様子を見るに、ロビンがろくでもない状況に陥っているのは分かる。

分かるが――だからといって、闇雲に捜索しても成果は得られないだろう。

「………」

いったん退くべきだ。

グレイが、そう提言しようとしたとき――

「キュっ！」

鳴き声があがった。

まるで小鳥のような鳴き声だ。

「ん……？」

あのオコジョリスが、スリヤの足元にすがりついていた。

「キュっ！　キュルっ！」

てしてしと、小さな手でスリヤのふくらはぎのあたりを叩くオコジョリス。

黒く澄んだ瞳が、うるうると彼女を見上げる。

「どうしたの？　……怖かったね、お腹《なか》すいた？」

しゃがみこんだスリヤが携行食や水を与えようとすると、オコジョリスはふるふると首を左右にふる。

それから、スリヤのポーチのあたりをすんすんと鼻で嗅ぐ仕草。

「……？　もしかして……」

と、スリヤがポーチからロビンの毛を取り出すと。

「キュルっ！」

我が意を得たり、とばかりにオコジョリスは、ふるふると首を上下にふる。

「案内してくれるの？」

「キュッ！　キュルっ！」

「……おいおい、動物のやることだぞ」

グレイがそう言うと、オコジョリスはキッとグレイを見た。

「うぉ」

「……この子、賢いね。ひょっとして、腕の良《い》い魔術師の使い魔とかだったのかな？」

動物を使役したり、その知性を向上させたり、特徴をかけあわせたり。生命というものの本質を探求するために、そういう方面に心血をそそぐ《魔術系統《ブランチ》》も存在する。

それなりに博識なグレイも見覚えのない、リスとオコジョを混ぜて、猫の尾を合わせたような謎の動物だ。元は使い魔か何かだった、というのはありうる類の話かもしれない。

……檻の中で幾日も放置されていたであろうはずなのに、他の動物と違ってまだ元気がある、というのもそれらしい。

「だと、すると」

「うん。……これ、賭けてみる価値はあるよっ！」

沈んでいたスリヤの顔が、ぱっと輝いた。

「キュルルっ！」

オコジョリスが、誇らしげに胸を張るような仕草をした。

グレイもつられて、微《かす》かに笑った。

◆

「キュルっ！」

オコジョリスが、時折すんすんと匂いを嗅ぎ、駆ける。

グレイとスリヤはそれを追っていた。

と、《照光》の魔術の灯《あか》りで照らされる暗い通路の先。

ほのかに明るい空間が見える。

オコジョリスをスリヤが拾い上げ、走る。

《魔力盤《ヴィジャ・ボード》》がさっきから何度も、警告音を鳴らしている。

何も言わないものの、二人とも、そこだという確信があった。

――そして、たどり着いた二人は、思わず目を見開いた。

人間一人がゆうに内部を歩けそうな極めて太い導管や、重厚な金属で造られた橋のような廊下が、宙でいくつも行き違う大空洞。

二人と一匹が出たのは、その、宙をゆく廊下の端の一つだった。

下方から、何かがぞわりぞわりと這い回るような、気味の悪い音がした。

視線を向けると……あちこちにぼんやりと光る《魔導器》の照明に照らされて、大空洞の底を、蟻《あり》の姿をした《魔の眷属《けんぞく》》たちが無数に動き回っていた。

生理的な嫌悪感と、怖気《おぞけ》を感じる光景。

「……っ」

スリヤが声をこらえるように、口元に手を当てた。

無理もない、と思ったグレイだが……

「……グレイ、あれ」

さにあらず、スリヤは一点を指差した。

無数のジャイアントアントたちの徘徊《はいかい》する、大空洞の底。

そこに異常なほどに膨れ上がった腹をした、きわめて巨大な蟻がいた。

恐らく、ジャイアントアントたちの女王《クイーン》だろう。

だがスリヤの指は僅かに逸《そ》れ、そこには向いていなかった。

指の指す先。

……女王蟻の前に、人がいた。

擦り切れ、薄汚れたローブを纏《まと》っている。

見下ろす形になっているため顔は分からないが、ひどく骨ばった手を広げ、祭壇めいた奇怪な《魔導器》に対して、奇妙な音程の呪文を詠唱していた。

——生きとし生けるもの全てを憎むはずの、《魔の眷属》たちの只中《ただなか》で。

明らかに尋常の魔術師ではない。《魔の眷属》と和する、禁忌の邪法を心得たもの。

「邪神の信奉者。邪教徒、か……」

グレイが声を抑えて呟《つぶや》く。

連中の目的は《アーケイン＝ガーデン》の外部で幾つもの騒ぎを起こし、《導書院》の予言の解読と解析に携わる者たちに負荷をかけ、《神剣の騎士》を街の外に誘いだした上での、大掛かりな破壊工作と見ていいだろう。

でなければ、あまりに潤沢に《黒の破片》を消費しすぎている。

《黒の破片》とて有限で、そしてあれだけ強力な力を秘めているのだ。邪教団にとっても、そうそう使い捨てにできる物資ではないはず。それを大量に消費しているということは、かなり練りこまれた大仕掛けだ。

その計画の概略は——とグレイは想像を巡らせる。

……街を落とすといっても、《アーケイン＝ガーデン》を浮かせている巨大《魔導器》機関の中枢部周辺は、当然ながら警備が厳重だ。

だが、この辺りのさほど使われていない、重要度の低い縦穴周辺の地下であれば、いくらか隙がある。

そこに拠点を作り、魔力汚染。

《魔の眷属》のうちでも構造物の破壊に長《た》けたジャイアントアントの女王《クイーン》を魔力溜《だ》まりから引き出し、あちこちから捕らえるか買うかしてきた動物などを餌に育てる。

そうして魔力汚染が拡大し、発覚する頃には、女王《クイーン》に生み出されたジャイアントアントたちが徘徊する地下迷宮めいた巣ができている。

この迷路と蟻を盾にして時間を稼ぎつつ、更に魔力汚染を重ねてより凶悪な《魔の眷属》を引き出し、解き放つ、という形だろう。

他に予備の計画が、いくつか同時に走っている可能性も考えると……成る程、あるいは《アーケイン＝ガーデン》を陥落させられる可能性はあるな、とグレイは思った。

そうして邪神たる《這《は》い寄る闇》も歓喜に叫ぶであろう、巨大な供物のできあがり、というわけだ。

……予言の解読が間に合っていない以上、即時の応援は期待できない。

邪教団の入念な計画に反して、偶然にこの汚染の中心部を早期発見できたのは、たまさか猫探しにやってきたグレイたちだけ、というわけだ。

荷が重すぎて、いっそ変な笑いが出そうになる。

「ねぇ、グレイ。あの《魔導器》なんか変だよ、普通と違う。……魔力汚染の源も、アレかも」

と、スリヤが声をひそめて呟いた言葉に、グレイは眉をひそめた。

《魔導器》は、魔術を安定化させる極めて高度な機械装置だ。

元来不安定であるはずの魔術現象を、封入された無数の魔導式による誘導、制御、そして膨大な試行によって安定させ、再現性を著しく向上させる。

……では、それを邪法、禁術のために運用したらどうなるか。

それが、あの光景ということなのだろう。

奇妙な祭壇型の《魔導器》からはケーブルが延び、いくつかの都市内部を通る導管に接続してあるのが見える。《アーケイン゠ガーデン》内部で使われる膨大な《魔素燃料》を盗み出している以上、燃料切れの懸念もないというわけだ。

後続のために持ち帰るべき情報としては、十分といえる。

オコジョリスはと見ると、深刻な空気を察しているのか、さきほどからスリヤの肩にひしとつかまり、声も立てていない。

やはり賢いな、とグレイは思った。

「……情報は、十分とった」

「うん」

あとはロビンはどこだ……と視線を巡らせたグレイは、それを見つけた。

無数のジャイアントアントたちが、列をなしている。

動物を咥《くわ》えた、巨大な蟻たちの行列だ。

列の終端は、女王蟻のもと。……巨大化し、子を産むことに特化し、自らは動くことも ままならない女王《クイーン》へ、食料の供給を行っているのだ。

運ばれた動物を、女王《クイーン》がその巨大な口器で、丸呑みにしてゆくのが見える。

そして、その列のさなか——半ばほどの位置に、グレイはそれを見た。

白いツバサネコだ。

巨大な赤黒い蟻の口器に咥えられ、ぴくぴくと痙攣《けいれん》している。

……どうやら、死んではいないようだ。

「居たぞ、あそこだ」

「あ、あそこだって……っ」

既にロビンを運ぶ個体は、大空洞の底に達しており、周囲にはジャイアントアントたちがわらわらと動き回っている。

卵を運ぶもの、女王《クイーン》の世話をするもの、警戒する兵隊蟻……様々だ。

「何も考えずに突っ込みゃ……死ぬな」

「考えて突っ込んでも死んじゃうよっ」

一見して、もう手を出す余地はない。

……スリヤの目尻に、じわりと涙が浮かんだ。

「ボ、ボクたちが、もうちょっと早く着いていたら……」

悔しげに拳を握り、無念に打ち震える褐色の少女。

「そうだな」

グレイは嘆息した。

「もうちょい早く着いてたら、ぱっとあの蟻だけ仕留めて、猫だけひっさって帰れたんだが」

スリヤが、ぱちくりと目を見開く。

オコジョリスもスリヤの横で、ぱちくりと目を見開くまねをした。

「…………まさか、グレイ、手があるの？」

「まぁ、一応な」

試してみる価値はあるだろう。なにせ、

「上手《うま》くいけば俺たちの街で勝手をしてくれた、あの陰気な野郎とそのお仲間に、一泡吹かせられるぜ？」

悪漢に一泡吹かせる。

これも冒険の醍醐味《だいごみ》だと、グレイはにやりと笑みを浮かべた。

◆

人間一人がゆうに内部を歩けそうな巨大な導管や、重厚な金属で造られた橋のような廊下が、宙でいくつも行き違う大空洞。

その底には、赤黒い巨大な蟻が無数に蠢《うごめ》き、ひときわ巨大な女王蟻が運ばれてくる動物たちを生きたまま丸呑《まるの》みにしている。

そんな地獄の只中で、祭壇めいた《魔導器》に向かい、奇妙な呪文を唱え続ける邪教徒。

——控えめに言っても悪夢的な情景だ。

あの地獄の釜の底に落ちれば、死は免れえないだろう。

「…………」

通路上でスリヤといくつかの打ち合わせを行い、準備を整えたグレイは、腕や背の筋力を頼みに宙を行き違う導管を伝い、慎重に位置を調整する。

……正直に言って、馬鹿なことをしているな、という思いはある。

このままロビンを見捨てて、踵《きびす》を返して《導書院》に情報を持ち帰れば、十分な報酬を請求できるだろう。

昨日今日会ったばかりの幼い少女の嘆きなど、見ないふりをすれば、もっと楽に生きていける。

それも、分かる。

現実的だと思う。

けれど、そうではないのだ。

そういう生き方がしたいわけでは、ないのだ。

……かつて自分が憧れた英雄は、そんな振る舞いをしない。

……あの銀髪の幼馴染《おさななじみ》も、そんな振る舞いをしないだろう。

脳裏に、あの夜の、スリヤの言葉が蘇《よみがえ》る。

何度だって挑んで、何度だって目指してみろと、彼女は言った。

あの時はすぐに受け入れられずに、それを否定した。

しかし。

「…………」

今。……もう一度だけ、そうしてみようかと、そう思えた。

いつか、くしゃくしゃになって。

疲れきり、擦り切れて。

何もかも折れ果てて、指一本さえ動かせなくなるまで。

その日までは、もう一度だけ――


――英雄を、目指せ！


「――ッ！」

グレイは弾みをつけて導管から手を離す。

落下する。

死は免れえない、地獄の釜の底へと。

周囲、大空洞の壁が恐ろしい勢いで上に流れ……そのまま今度は、斜めに、横にと流れてゆく。

――グレイの手は、一本のロープを握っていた。

宙をゆく導管の一本にロープをつなぎ、それを腰のベルトの金具に連結。

革手袋でそれを繰り出しながら、跳び出たグレイは、振り子めいて大空洞の底へと突っ込んでゆく。

無数の赤黒い蟻《あり》が蠢いている。

捕まれば死ぬ。

噛《か》み殺されるか、酸で溶かされるか。

それとも女王《クイーン》への供物となり、丸呑みにされるか。

恐怖が湧き起こり――

「ハッハァ――っ!!」

しかし、笑う。

笑い飛ばしてしまう。

恐怖は、真っ向からそれを押し込めようとすれば、ますます勢いを増してしまう。

深刻な顔をして悩んでも、状況はけして同情して去っていってくれたりはしない。

だから笑う。作り笑いでも、笑う。

……笑い飛ばして、立ち向かうのだ。

「アアアアアアアアッ！」

ロープで宙吊《ちゆうづ》りになり、飛びだした際の勢い任せでありながら、グレイは白いツバサネコを咥えた蟻のもとへと、正確に突っ込んだ。

猛烈な勢いで空気がぶつかる。

バタバタと服がはためく。

すれ違いざまの一瞬。

曲芸めいた早業で、ジャイアントアントの首を刎《は》ね、頭ごと猫を奪い取り――

そのまま振り子の勢い任せに蟻たちの噛みつきをかいくぐり、グレイは目当ての廊下へと突っ込んでゆく。

正面衝突の勢いで迫る、金属の手すり。

そのまま激突すれば重傷は免れないそれに、

「らァッ！」

足を弛《たわ》めると、ブーツの底から当たってゆく。

両足をバネ代わりにして、激突の衝撃を和らげ——

次の瞬間、振り子の勢いに引き戻される前に、手すりに足を絡める。

即座に金具を外してロープから解放されると、脚力と腕力で、グレイは大空洞の内部を渡る橋めいた廊下の一つへと転げ込むことに成功した。

「ハァッ、ハァッ！」

我ながら、ろくでもない活劇だ。

次やって成功させる自信は一切ない。

けれど、やりとげた。

白いツバサネコはぐったりと弱っているものの、まだ生きている様子だ。

治療をすれば間に合うだろう。

……なんだ、俺も、少しはできるじゃないか。

やりとげた事実に、グレイの口元が少しだけ緩み——

「おのれ、忌々しい冒険者め——もうここを嗅ぎつけおったか！」

「あぁ？」

叫びに振り向けば、女王蟻と祭壇めいた《魔導器》の前に立つ黒ローブが、こちらを見上げていた。

「だが、貴様も我が神への供物としてくれ」

「興味ねぇよ」

芝居がかった叫びを一言で切り捨て、

「——やれ！　スリヤッ!!」

叫びを上げた。

次の瞬間、大空洞を渡る橋梁《きょうりょう》めいた廊下の根本が、爆音とともに破砕され——

女王蟻と祭壇、そして邪教徒へと落下した。

◆

金属が金属にたたきつけられる轟音《ごうおん》が、大空洞に反響する。

直後に、怖気《おぞけ》をもよおす女王蟻の絶叫があがった。

巻き起こる粉塵《ふんじん》のなかでも、グレイには視認できた。

自力では移動できないほど巨大化した女王《クイーン》の体を、破壊され落下した金属の廊下が貫いたありさまを。

無数の破片が、祭壇めいた《魔導器》を砕いたことを。

女王蟻が致命傷の激痛に身悶《みもだ》えし、転げ回り、その巨体の下に邪教徒を巻き込んだ光景を。

「任務完了！　やったぁ！」

浮遊能力ですぅっと宙を渡り、オコジョリスを肩に乗せたスリヤが勢い良くグレイに飛びついてきた。

「うぉっ」

受け止める。

柔らかな感触と、場違いに甘い女の香り。

「やっぱこの濃度だと、単純な破壊の魔法は派手だね！」

「ああ、狙い通りだ。よくやってくれた」

――魔力の濃度が高すぎる場所では、単純な魔術は威力を増す。

《もの探し》の蝶《ちょう》のような複雑な魔術を維持できないまでも、廊下を砕いて落とすには向いた状況だ。

グレイがロープを使って無茶な救出劇を行ったのは、上でスリヤが行う破壊から、邪教徒の目を逸《そ》らすためでもあった。

状況的に、邪教徒が《導書院》の《書士》たちや、冒険者の襲撃を警戒していない、とは考えづらい。通常の魔術攻撃ではなく、わざわざ構造物を破壊して落としたのも、予《あらかじ》め魔術的な防備が仕込まれている可能性を考慮したためだ。

流石《さすが》に、いかな魔術的な防護結界でも、十メレル以上も上から猛然と落下してくる大質量を真正面から受け止めることは難しい。

ゆえに、救出対象を救いだすと同時に目を引き、そこに位置関係を利用して大質量の構造物を叩《たた》き込む。

――間に合わせの、単純極まりない作戦だ。

失敗する要素など幾つもあったし、その時リカバリーする手はなかった。

神算鬼謀などとは口が裂けても言えないが、それでもなんとか押し通せたようだ。

「それでロビンはっ？　大丈夫かなっ？」

「だいぶ衰弱してるが、なんとか……」

「じゃあ《応急治癒》の魔術だけ――投射《キャスト》っ」

スリヤが《魔導杖《ワンド》》を操作し、白のツバサネコへと治癒の魔術をかける。

白く暖かな燐光《りんこう》がツバサネコの周囲に浮かび上がり、苦しげな呼吸が少し和らいだ。

……治癒魔術は、複雑で難度の高い魔術だ。

傷を塞ぐ、傷口からの感染を防ぐ、疲労を和らげる等の軽いものはともかく、重傷や重病に対応するためには専門の大型《魔導器》が必要とされる。

携行サイズの《魔導杖《ワンド》》で行える治療には自《おの》ずと限界があるため、これ以上のことはもう、専門の医療施設に運びこむしかないだろう。

と、その時だ。

「キュルっ！」

オコジョリスが、焦ったような声をあげた。

「ん？　何かな……」

直後。

ギチギチ、と噛みあわせの悪い鋏《はさみ》を、強引に動かすような音。

下からだ。

二人が視線を向けると――

赤黒い巨大な蟻たちが、グレイたちを見ていた。

無機質な複眼。

しかし、そこに憎悪がこもって見えるのは——気のせい、だろうか？

「…………」

「…………」

巨大蟻《あり》たちは、ギチギチ、ギチギチ、と口器を鳴らし。

ゆっくりと、壁を、這《は》い上ろうとしている。

「ねぇ、グレイ」

「なんだよ」

「ボクたちって、女王《クイーン》の仇《かたき》、だよね」

「だよな。主にお前が」

「は、発案はグレイでしょっ！」

「実行犯はお前だろーがっ！」

灰髪の青年と、褐色の少女はひとしきり言い合うと、顔を見合わせ——

「……逃げるぞっ！」

「……おうさっ！」

それぞれオコジョリスとツバサネコを抱えると、泡を食って走りだす。

彼らの後を、猛然と、赤黒い津波と化したジャイアントアントたちが追いかけ始めた。

◆

それからのことを、実のところ、グレイはあまりよく覚えていない。

激昂《げきこう》し、死をも恐れぬ狂戦士と化した蟻たちを相手に、前衛としてスリヤと動物たちを守りながら交戦し、退け、逃げまわり、散々に追い回され――ようやく事態の解決にやってきた冒険者や《書士》たちに保護された時にはもう、グレイは負傷と疲労でボロボロになっていた。

スリヤが救助者たちに事情を説明する声を聞きながら、すぅっと意識を失ってしまう瞬間のことだけは、なんとなく覚えている。

「…………」

気づけば、地上の病院のベッドの上に居た。

聞くと、傷から熱を発して、丸一日ほど朦朧《もうろう》と眠り続けていたらしい。

白衣を着た若い医師の男に、「お手柄ですね」と笑いかけられた。

邪教団はあの日、《アーケイン＝ガーデン》の各所で騒ぎを起こしたのだそうだ。

難解な古代語で記される《導きの福音書》は、解読に相応の時間がかかる。航路の《変異体》も含め、やはり同時多発的に事件を発生させることで、予言書の精度を低下させて計画を成功させやすくする目論見《もくろみ》だったらしい。

そのあたり、グレイの推測は当たっていたようだ。

……まぁ、計画の全容は後々、《治安局》の捜査員あたりが追及してくれるだろう。

ともあれ、そういう騒乱があったにもかかわらず、《アーケイン＝ガーデン》に大きな被害は生じなかった。居合わせた市民や冒険者、あるいは駆けつけた巡視や《書士》たちが、それぞれに上手《うま》く対処したのだそうだ。

どうやらこの街には、まだまだ名を知られていない優秀な人材が転がっているようだな、とグレイは思った。

――いずれ、すれ違うことや、協力しあうことなども、あるかもしれない。

「報奨金や、功績によってはちょっとした勲章なんかも出るらしいですよ」

と、医師は笑いながらグレイの熱を測った。

既に熱は、かなり下がっていた。

頑強ですね、と医師は目を見開いた。

「それなりに、鍛えているもんで」

「がっちりしてますもんね。男として、憧れますよ。……鍛え抜いた体で、冒険の旅に出るって」

言われて、グレイは肩を竦《すく》めた。

「俺は、戦うことや壊すことばかり追求してる俺なんぞより、何十人、何百人も治してきたであろうあんたの方が上等だと思う」

「そうですかね」

「そうさ」

そう言って笑いあった。

その時に何を気に入られたのか。その医師の男はあれこれと便宜をはかってくれるようになり、その後の病院生活はなかなか快適だった。

次に、グレイが起きたと聞いてスリヤがやってきた。

スリヤもスリヤで極度の疲労のため、一晩入院を余儀なくされたらしい。

ちなみに例のオコジョリスも、「当然ですよ」と、つんと澄ました顔をして一緒にいた。

ちゃっかりしたやつだな、とグレイは思った。

「うー、もう全身バッキバキだよ、筋肉痛！」

「俺もだ」

かしこまった話があるわけでもなく。

無事を確認しがてら、大したことのないやりとりをした。

「……でも、やったじゃん！　グレイ！」

「おう。……俺も案外、それなりなもんだろ？」

「うむ。グレイにしては、かっこよかったかな？」

「してはとはなんだよ、してはとは」

そんな風に言って笑いあっていると、

「失礼します、グレイさん！　グレイ・アクスターさんっ！　マグナスですっ！」

《導書院》の顔見知りの受付である、マギーがやってきた。

話を聞くと、あれこれ報奨やらが出るらしい。

それと同時に――

「でも、もうあんな無茶苦茶はやめてくださいね!?　《アーケイン＝ガーデン》の内部構造物を破壊するなんて、普通なら縛り首ものですよ!?」

と、涙目で叱られた。

どうやら結構、面倒なことになっているらしい。

「じゃ、俺はこのままお縄か？」

肩を竦めて冗談めかして尋ねると。

「いえ。流石に今回は緊急避難に当たることが明白ですし、そんな馬鹿なことはありませんけど……でも、後処理が凄《すご》く大変なんですよぅ！」

「文句は邪教団に言ってくれ」

あの状況ではあれが最善だったと、グレイは信じているし、実際にそうだったろう。

放置しておけば、あの祭壇型の《魔導器》から汚染が広がり、どれだけの被害が出たかわからない。

「……その、祭壇型の邪法の《魔導器》や、それを使っていた邪教徒についてですが」

「あれがどーしたの？」

と、スリヤが小首を傾《かし》げる。

「今、残骸の下から掘り出す重機や作業員なんかを手配してますけれど、多分いろいろと事情聴取が待ってると思います。そりゃもう何度も」

うへぇ、とグレイとスリヤは二人揃《そろ》って顔をしかめた。

「派手にぶちこわすからです」

「だから文句は邪教団に言ってくれっ！」

「そうだそうだーっ！」

そんな風に言い合うと、二人はマギーと笑いあった。

それからマギーは姿勢を正し、表情を改めると、

「ともあれお二人とも、ご無事で何よりです。……今回は、お二人の協力によって街は危機を免れました。《導書院》を代表して、お礼を申し上げます」

そう言って、折り目正しく頭を下げた。

「いいさ。勝手にやったことだ」

「そうそう」

「お二人とも……」

マギーは顔を歪《ゆが》めた。

「だが報酬はたくさん頼めるよな？」

「そうそうっ」

「お二人とも……」

再び、マギーは顔を歪めた。

もちろん、先ほどとは違う意味で。

◆

それからグレイはよく食べて、また眠ることを繰り返した。

体が休息を欲していた。

合間に何度か、《導書院》から人が来て、地下での戦闘について尋ねられた。

グレイは何度聞かれても同じように、偽りなく事情を伝えた。

猫探しを引き受けた経緯。異常に気づいたこと。その上で、猫を探しに危険の渦中へ飛び込んだこと。大空洞で見たもの。そこで打った手。

……なんと豪胆なのかと感心する者もいれば、なんと無鉄砲なのかと呆《あき》れる者もいて、反応は様々だった。

そりゃあそうだろうな、とグレイは思う。

自分でも少々、ネジのゆるんだ真似をした自覚があるのだ。褒められっぱなしでは気味が悪いというものだ。

傷の少なかったスリヤは早めに退院して、《モグラの墓穴亭》に戻っていた。

消耗した装備を補充したり、整備に出したり、事情聴取を受けたり、グレイのもとに果物片手に日参したりしつつ、比較的のんびり過ごしているようだ。誰しも緊張に満ちた冒険の後は、何かしらいつもの過ごし方をして、心のバランスを取るものだ。

オコジョリスは、ルルと名付けられてすっかりスリヤになついていた。

「キュルキュル鳴くからルルちゃんで！」

「ちゃんなのか？」

「ちゃんだった」

「そうか」

そのルルはと言えば、スリヤの肩で木の実を与えられては、嬉《うれ》しげに両手で持ってカリカリとかじっている。

本当にちゃっかりしたやつだな、とグレイは苦笑気味に思った。

……ちゃっかりしたやつは、そんなに嫌いではない。

数日の入院生活は退屈だったが、それが戦いで尖《とが》った精神を、ゆっくりと平時のものに戻してくれた。

水に揺蕩《たゆた》いながら、ゆるゆると移ろうような時間だった。

――そして退院の日が近づいた頃。

ちょうどルルを連れたスリヤが病室に居る時、病室に花いっぱいの籠を抱えたエイミーと、その母親が訪ねてきた。

白いツバサネコも一緒だった。

あの時、すっかり衰弱して見えたロビンはすっかり元気になって、毛並みも色艶を取り戻していた。

「わぁっ！」

と、スリヤが嬉しそうな声をあげて、ロビンを撫《な》でる。

ロビンが目を細め、スリヤの肩のルルは少しばかり悔しげに、スリヤの頬にぐいぐいと体を押し付けた。

「あー、もうっ、ルル、嫉妬しなーい」

そんなやりとりに、ふふ、と笑って。

「この子、うちで飼うことにしたんです」

と、エイミーの母親が言った。

「おとーさんもおかーさんも、ゆるしてくれたのっ！」

「おう、よかったな」

「うんっ、エイミーちゃん、頑張ったね」

二人が笑いかけると、エイミーはぶんぶんと左右に首を振る。

「ううん、いちばん、がんばってくれたの、おにーちゃんと、おねーちゃんだからっ」

そう言って。

「……ありがとう、ございましたっ！　これ、おみまい、ですっ！」

ぺこりと頭を下げて、顔を上げると、恐らく教えられた通りの言葉を緊張した様子でなぞりつつ、幼い少女は見舞いの花籠を差し出した。

「はいっ。どういたしまして」

スリヤが笑って受け取ると、サイドテーブルにそれを飾る。

グレイはこういう時、どう応ずれば良いのか分からず、頬を掻《か》いて困惑気味だ。

「わたしねっ、わたしねっ、いつかぜったい、おにーちゃんとおねーちゃんみたいな、ぼうけんしゃになるっ！」

「あー、それはやめとけ」

グレイは即座に否定した。

「ええっ!?」

「いいか？　……冒険者は、危ないんだ」

命がいくつあっても足りないぞ、とグレイは笑った。

流石《さすが》にこればかりは、エイミーのような幼い子供に勧められない。

「ええっ、でも」

「だから……憧れるなら、スリヤみたいな魔術師にしとけ」

そう言って、灰髪の青年は幼い少女の髪をなでた。

母親にちらりと視線を向け、片目を瞑《つぶ》る。

エイミーの母親は、すっと頭を下げた。

「そうそう、ボクこれでも、けっこーすごいんだよ？」

「ん……まじつしって、どうやってなるの？」

「それはねー……」

楽しげに話し始めたエイミーとスリヤ。

そんな二人を見守りながら、グレイとエイミーの母親は言葉をかわす。

「この度は、本当にありがとうございました。この娘ときたら、言っても聞かないところがありまして……」

「いいえ。仕事ですから、お気になさらず。……ただの猫探しかと思えば、いい冒険の種でした」

「まぁ」

今、あの少女は白いツバサネコとともに笑っている。

グレイが、成し遂げたことだ。

あの銀髪の騎士に比べれば、どうしようもなく弱く、身の程知らずの夢を抱えた自分だけれど。

それでも今は、少しだけ自分を褒めてやれる気がした。

わずかの休暇めいた入院の時は、そんな風にして、瞬く間に過ぎていった。

そうして退院の日。

灰髪の青年の前に、眩《まばゆ》い銀髪の騎士が現れた。

◆

病室に現れたフィリーシアは、華麗に装われた月白《げっぱく》の鎧《よろい》に、外套《がいとう》を一枚羽織った姿だった。

扉を開けると、グレイを見て、安堵《あんど》したように小さく息をつく。

そうして恐る恐るといった調子で、声をかけようとしてくる幼馴染《おさなな じみ》に。

「よう」

と読みさしの本を閉じて、グレイは、自分から声をかけた。

「ああ」

そんなグレイの反応に、フィリーシアは目を丸くした。

相変わらず、澄んだすみれ色をしているな、とグレイは思った。

「あーっと」

「その」

言葉が発されたのは同時だった。

「……っと、悪《わり》い。お前から言えよ」

「……ああ、いや、妨げるつもりはなかったんだ。君から」

譲り合いになり。それから二人とも、言葉に詰まる。

「…………」

「…………」

気まずい沈黙が落ちた。

……すみれ色の瞳が、不安に揺れている。

無敵であるはずの《神剣の騎士》が、頼りなげに、胸の前で両手を握りしめている。

その姿に、グレイは胸が詰まるような思いがした。

この間、あれだけひどい言葉を投げかけてしまったのだ。

愛想を尽かされても、おかしくはなかったはずだ。

よく再度、訪ねてきてくれたものだとグレイは思う。

そう思い――灰髪の青年はなんとか、場の空気を取り繕う言葉をひねり出した。

「げ、元気そうだな、討伐に出てたって聞いたが」

「あ、ああ。あちらこちらの島で《変異体》を片付けてきた――で、帰ったら事件と、君の話を聞いた。活躍したようだな」

「ああ、まぁな。……って、おい、まさかその外套に鎧姿」

「ふふ、お察し通り、港から抜け出してきた。《神剣の騎士》としての責務は果たしたのだ。友人の安否を確認するくらいは良《い》いだろう？」

フィリーシアは苦笑して、言う。

「……君が今でも、私を友人と思ってくれているのなら、だが」

「友人だよ」

グレイは間髪いれずにそう言った。

「こんな面倒くさくて、ひねくれたろくでなしを、お前がまだ友人だと思ってくれるんならな。

……この間は、本当にすまなかった。この通りだ」

ベッドを降りて、まっすぐに頭を下げる。

フィリーシアの表情が目に見えて和らいだ。

「ほほう、言葉だけで済ませるつもりか？　私もあれは、かなり堪《こた》えたのだぞ？」

「なんならケジメに、一発殴ってくれ」

「よし、歯を食いしばれ」

何のためらいもなく距離を詰められ、警告とほぼ同時に拳が来た。

しかも「歯を食いしばれ」などと言いながら腹を狙って、腰のひねりの効いた突き上げる拳で、だ。

「!?」

腹筋を締めて受ける。

腹に衝撃が響く、内臓が揺さぶられる不快感。

鍛え込んだグレイでさえ、膝をつきそうになった。

「う、おま、え……うぇ……」

「なんだ、ケジメに殴れといったのは君だろう？」

ま、これでチャラだな、とにやりと笑うフィリーシア。

変わってねぇな、とグレイは思った。

しばらく見ない間に外見はぐっと女らしくなったようだが、中身はそのままだ。

「……腹回りもよく鍛えているようじゃあないか」

「鍛錬は怠ってねぇよ。入院中も屋上で木剣振ってたしな」

「いいのか？」

「大した怪我《けが》じゃねぇんだ、みんな大袈裟《おおげさ》なんだよ」

グレイは肩を竦《すく》めた。

「ちょうど今日も、これから行こうと思ってたんだ。——どうだ、久々に試合でもよ」

「……いいのか？」

先ほどとは別の意味のこもった言葉に、しかし、

「何か問題があるのか？」

と、グレイは再び肩を竦めた。

◆

そうしてグレイは、当然のように負けた。

白いシーツの干された、手すりが周囲を囲う病院の屋上。

ありあわせの木剣を手に相対し、グレイとフィリーシアは互いに一礼する。

そうして剣を構え、踏み出そうとしたその瞬間、

「——っ!?」

気づけばフィリーシアとの距離が詰まり、あっさりと手首を打たれた。

こちらの動きの出掛かりに合わせて踏み込んで、小手を軽く打とうとしているのだと、見えはした。剣技におけるごく基本的な動きだと、理解もできた。

見えて、理解はできたが、一切の動きが追いつかず……なるべくしてそうなるかのように、打たれた。……もし凡百の剣士であれば、自分が何をどうされて打たれたのかも分からなかったに違いない。

実戦であれば、そのまま手首が落ちている。

「勝負ありだ」

「ああ」

……実際のところ、冒険者としての総合力ではともかく、剣士としてはグレイは一流と言って良い腕前だ。

運の要素が強かったとはいえ、人狼《ワーウルフ》の《変異体》を斬り捨てるほどなのだ。

その気になれば、それなりの指南所でも教官が務められるだろう。

それが、一合も斬り結ばぬうちに敗北を認めざるをえない。

間の取り方、距離の詰め方、剣の振り方。

その全てに無味乾燥なほどに無駄がなく、いっそ味気ないほどに合理的。

――天才と言うのも生易しい。

相対者の心をへし折る、圧倒的な剣才だった。

「もう、やめておくか?」

すみれ色の瞳を細め。

窺《うかが》うように、フィリーシアは問いかけてくる。

「いや」

グレイは首を左右に振った。

意識して、笑う。笑い飛ばしてしまう。

実力差? だからなんだ。これだけ差が開いているからこそ、追いかける甲斐《かい》があるというものではないか!

「もう一度だ!」

牙を剝《む》き、獰猛《どうもう》に笑い。

灰髪の青年は、再び銀髪の騎士に挑みかかった。

渾身《こんしん》の突きをあっさりと回避され、脇腹を薙《な》がれる。

「勝負ありだ」

「もう一度!」

袈裟《けさ》懸《が》け、放つ前に肩を打たれる。

「勝負ありだ」

「もう一度！」

振り下ろし。逆袈裟。小手打ち。平突き。胴薙ぎ。脛《すね》払い。

続けざまに繰り出す手が、全て打ち落とされて返される。幾度も、「勝負ありだ」の声が聞こえ、その度に「もう一度！」と応じる。

——懐かしいやり取りだ。自分はこれまでいったい、何億回、いや何兆回、彼女に殺されてきたのだろうか。心が折れかかったことなど、百や二百ではない。

「ハハッ」

笑い飛ばす。笑い飛ばして、

「もう一度！」

挑む。

打たれる。

挑む。

打たれる。

夢中になっているうちに、時間は過ぎて——結局、何百回と殺され、疲労困憊《ひろうこんぱい》して膝をつくまで、グレイはフィリーシアと斬り結ぶことさえできなかった。

最後の方では、鍛え込みの甘い部分、動きに癖の付いている部分を指摘するかのように打たれさえした。

けれど、二人は薄く笑っていた。大した言葉も交わさなかったが、相手が今日までどれだけの鍛錬を積んできたか、互いの剣が雄弁に語っていた。

「はぁっ、はぁっ……完敗、だ……」

ついに、荒い息でグレイは屋上の床に倒れこんだ。

「ふぅっ、ふぅっ……相変わらず、よくやる」

フィリーシアも、流石《さすが》に汗をかいていた。

剣の天才といえど、持久力の怪物を兼ねる、というわけではないようだ。

しばし、風にあたって火照った体を休める。

「……なぁ」

「なんだ」

ふと、問いが口をついた。

「あの時よ」

「ああ」

「お前、なんで俺に負けたんだ？」

「あの勝負の時は……君があんまりにも思いつめた顔をしていたからな」

フィリーシアは、肩を竦めた。

「……負けたら死ぬ気なのではないか、と思った」

「はぁ？」

「すまん。今ので気の回し過ぎだったと理解した」

「……そ、そんな風に思われるほど、あの頃の俺、やばかったのか？」

「まぁ、うむ。執念の剣鬼というか、そんな感じだった」

「…………な、なんというか、本当に、スマン」

「いや、いいさ」

　こちらこそ、君のしぶとさと諦めの悪さは知っていたはずなのだがな、とフィリーシアは苦笑した。

「……ただ、あの時は私も若かった。そう思い込んでしまったんだ。であれば、取りうる手は限られていた」

　ひゅうひゅうと、屋上を風が抜けてゆく。

「わざと負けて、君が気づかねばよし。気づかれたとしても——私を憎めば、それを糧に、君は生きていけるのではないかと思ってな」

「……なんでそこまで俺を生かしたかったんだよ」

「君が好きだったからだな。今でも好きだ」

「そうか、ありがとよ」

「…………」

フィリーシアは、なにか言いたげな顔をしていた。

「……？」

「……もっと、こう、何か、ないのか？」

「？　俺も好きだぜ、お前のこと」

「そうか。そうだな」

フィリーシアは呆《あき》れ顔で、苦笑した。

「君は相変わらず、面倒くさい剣術馬鹿だなぁ……」

「なんだよ。剣術馬鹿は、お前もだろ」

空は今日も、青く澄み渡っていた。

それからまた、二人とも、しばらく無言になった。

居心地の悪い沈黙ではなかった。

「……なぁ、ガキの頃の約束よ、覚えているか？《神剣の騎士》になるって、競争」

「覚えているとも」

「……先、越されちまったな」

「そうだな」

空を見上げながら、ぽつりぽつりと、グレイは呟《つぶや》く。

「まだ、追いかけてもいいか？」

「良《い》いとも」

フィリーシアも、なんでもないことのように答えた。

「退屈していたんだ。……技を磨くのは楽しいが、人と競うことはできない。誰も私に挑まない。たまさか挑んできても、一度で折れる」

微《かす》かに、寂しげな声だった。

「なんだよ」

グレイはそれを、あえて笑い飛ばした。

「根性ねぇ連中だな、お前の周りにいる奴《やつ》ら」

「ふふ……ひどい切り捨て方だな」

「だってよ、そう言いたくもなるぜ。フィー。俺、何回お前に殺されたんだ？」

「さて……私もグレイを何回殺したかなぞ覚えていないぞ。あっさり死ぬからな」

「ひでえ！」

そう言って、笑いあった。

昔のようにずけずけとものを言い合って、笑いあって。

……わだかまりは、気づけばどこかに溶けて消えていた。

◆

それからフィリーシアは、流石に大事になる前に《導書院》に戻らねばならない、と言って去っていった。

グレイは病院の屋上の給水塔にもたれかかったまま、それを見送った。

確かに《神剣の騎士》の所在が長時間摑《つか》めず、連絡が途絶となったら相当の大事だ。無論フィリーシアも、親しい者には話を通しているとは思うが——

「……通してるよな？」

ふと疑いの念が湧いた。あの銀髪の騎士は、意外と抜けたところがあるのだ。

幼馴染《おさななじみ》のグレイは、知っている。凜《りん》とした外見で、いかにも仕事ができそうだが、それに反して思考回路が少しずれているというか、天然ボケというか……

圧倒的な剣才と、《神剣の騎士》などという浮世離れした立場であるから、好意的に解釈されることも多いとは、思うが。

親しい立場の者たちが理解してフォローしてくれているとは、思うが。

まさか今頃捜索隊が編成されようとしていたりはしないだろうか。

邪教団の騒乱後、帰還した《神剣の騎士》が行方不明などとなれば、関係者の胃が軋《きし》み上がること間違いなしだ。

「………深く考えねぇほうがいいな」

呟いて、空を見上げた。

今日も空は青く澄んでいる。

「…………」

実際に向き合って分かった。

——実力は、更に開いていた。

少年少女であった頃ならば、時折、二、三合は打ち合えたものが、今はもう、百回やっても一度も打ち合えない。

無論、鍛錬を怠ったわけではない。

ずっと体を鍛え続け、工夫を重ね、そして実戦の中で更に技巧に磨きをかけてきた。

ただ、フィリーシアもそれは同じで。

そうして同程度に努力をした時、それでも差として結果に表れるのが、才能だ。

……いや、そもそも同程度の努力でさえないのかもしれない。

彼女の戦場は、より過酷だ。今日とてグレイがかろうじて斬り倒した黒狼《こくろう》のような、《黒の破片》持ちの《変異体》を、続けざまに斬り捨てて街に帰ってきたのだ。

「ったく、フィーめ。たまんねぇなぁ」

少しは強くなったつもりだった。

冒険をして。経験を積んで。いつか約束した英雄の夢に向けて、走っている。

それでも彼女は、ずっと遠くに行く。彼女の足は、あまりに速い。自分の足は遅くて。

どうしようもなく、遅くて――

自分の力の無さが腹立たしくて。それでも自分を認めてくれる彼女に、並び立てる力がないことが、応える力がないことが、悔しくて。

空の青さが、目に沁《し》みた。

「……くそっ」

煌《きら》めく陽光を遮るように、顔の前に腕をかざした。

「向いてないことくらい、分かってるさ」

けれど。それでも、

「向いてる、向いてないで、諦められることばっかりかよ……違うだろ……」

自分に言い聞かせるように、グレイは呟いた。

たとえ何度折れても。

まだ、その気持ちが残っている限りは、できることを積み重ねてゆくほかない。

積み重ねてゆくほかないのだ。

歩み続ければ、追いつけるとも限らない。追いつけない可能性のほうが、高いだろう。

——それでも歩みを止めてしまえば、あの煌めく銀の髪に追いつく可能性さえ、なくなってしまうのだから。

◆

「やぁ、スリヤ」

と、フィリーシアは片手を上げた。

病院の廊下。

リスのような動物を肩に乗せたスリヤが、壁際に寄りかかるように佇《たたず》んでいた。

可愛《かわい》らしいペットだな、とフィリーシアは思った。

リスに似た感じの珍しい動物だ。撫《な》でくり回したくなる愛らしさがある。

……実にいいな、頼めば撫でさせてもらえるだろうか。流石《さすが》に不躾《ぶしつけ》だろうか。

などと、笑顔の下で考えていると、

「フィリー。仲直り、できた？」

スリヤが心配げに問いかけてきた。

「ああ。なんとかな。……ありがとう、スリヤ。君のおかげだ」

「ううん。ボクはマギーさんに、入院先の連絡を頼んだだけだから」

その言葉に、フィリーシアはかぶりを振る。

「二人きりで話せるように、気遣いもしてくれただろう？　だからここにいる」

「あー……」

バレたか、とスリヤは紅潮した頬を掻《か》き、目を逸《そ》らした。

「……君は優しいな」

「ふふーん、それほどでもあるかもねっ」

と、冗談めかして薄い胸を張ってみせるスリヤ。

そこに恩に着せようなどという気配は感じられない。

ほんとうに優しいのだな、とフィリーシアは思う。

「その優しさにつけ込むのは気が引けたので、やはり愛の告白はなしにしたよ」

「あ、あいの告白っ!?」

手をバタバタ振り、スリヤは全身で動揺を示した。

「えっ、あ、あれ、え、でも、フィリー。だってアイツ、面倒くさくてっ！　色々とこじらせててっ！　おまけにちょっと地味だし対人関係に難とかあるし……っ」

「そうだな」

頷《うなず》く。全くそのとおりだ。

「けれど、私はその面倒くさくて色々とこじらせていてちょっと地味で対人関係に難のある、諦めが悪くて根性がある剣術馬鹿の幼馴染が好きなんだ」

「……ほ、本気、なの？」

スリヤの声が、強張《こわば》った。

「本気だとも」

「……っ。……な、なんで。なん、で……グレイ、なの？」

「好きに理由はいらないと思うが。そうだな。……誰もが、私を例外にするんだ」

フィリーシアは、肩を竦《すく》めた。

「あいつは特別で、天才で、別格で。だから勝てなくて当たり前、仕方がない。皆が諦め顔でそう言った。……けれどそんな中で、グレイはずっと私を見て、私に挑み続けてくれた。幼い頃から、ずっと。今もまた」

言ってみたら、しっくりきた。

「だから、私は彼を愛しているよ」

十分な理由ではないか、と笑う。

そんなフィリーシアの笑みから、スリヤは目を逸らした。

目を逸らして、肩を震わせ。ぎゅっと服の裾を握り。

「……とらないで」

絞り出すような声で、そう言った。

「おね、がい。……とらない、で」

無理と分かっていながら、それでも言わずにはいられない。

そんな声だ。

……本当に、グレイは良い子に好かれたものだ、とフィリーシアは思った。

だから笑って、頷く。

「ああ、とらないとも」

「……っ」

スリヤの瞳が、戸惑うように揺れた。

「君のような優しい人と、グレイを巡って泥沼の奪い合いなんて、御免だよ。……だから、今後は慎む。安心してくれ」

「…………」

軽く両手を上げてそう言うと、スリヤは相当、面食らったようだ。

実に分かりやすく、オロオロしている。

「流石に信じてはもらえないかな？」

「……ち、ちちち違うのっ！　嘘《うそ》じゃないって分かるから逆に分かんないのっ！」

何を考えているのか、と見つめられて。

「好きだからだな」

と、フィリーシアは目を細める。

この辺り、人に理解できないと言われることもあるが。

「――好きな人には、幸せになってほしいものだろう?」

どうもフィリーシアには、胸を焦がすような恋、破滅をもたらすような情熱と焦燥と独占欲というのは、理解できない。

相手の幸福を願うのが、愛であり、恋ではないかと思う。

……しかし、これはアレか。修羅場というやつだったのだろうか。

初体験だなぁ、とフィリーシアは妙な感慨にふけりつつ、

「君なら、きっと大丈夫だ。あの剣術馬鹿を落とすのは苦労だろうが、頑張ってほしい」

ぽん、と軽く肩を叩《たた》く。

スリヤがびくりと震え、おずおずと上目遣いに見つめてくる。

それがあまりに小動物めいて可愛らしく、

「……けれど、何時《いつ》までたっても成果が見られないようなら、その時は方針を転換するかもしれないな?」

「だ、だめぇっ!?」

つい悪戯心《いたずらごころ》を出したら、予想以上に良《よ》い反応がきた。

フィリーシアは冗談だよ、と笑って。

それから手を振ると、廊下を歩き出した。

分かっている。

自分の剣才が、自分の愛と友情が、グレイを苦しめていることは。

痛いほど、分かっている。

けれど、フィリーシアには、それをどうすることもできない。

天より与えられた才能を、捨てることはできない。

グレイへの愛と友情を捨てることも、またできない。

けれど、それでも。

自分の存在によって苦しめ続けてしまっている、愛する幼馴染《おさななじみ》と和解ができた。

そして彼の側《そば》には自分と違って、彼を苦しめない、明るく優しい少女がいると分かった。

──今日は、とても良い日だ。

フィリーシアの足取りは、軽かった。

四章

果てなき蒼穹《そうきゅう》に、緑の島が浮かんでいる。

広く、深く、起伏に富んだ森の島だ。

独自の水源を有しており、《アーケイン＝ガーデン》にもほど近いことから、航路上の重要な給水地として知られている。

名を、リュイ島といった。

以前、五頭の人狼《ワーウルフ》や、《変異体》の黒狼《こくろう》と戦った島だ。

「そんなに時間経《た》ってねぇのに、なんだかすげぇ久しぶりな気がするな」

「……んー」

グレイとスリヤは再び、リュイ島の森に来ていた。

猫探しから始まる《アーケイン＝ガーデン》の地下での冒険や、その後の入院や、報奨の受け取りや事情聴取や――

そういった手続きが終わってみれば、待っているのはまた元の日常だ。

「それで、今回の探索《サーチ》の依頼だったたな」

「……んー」

邪教団による同時多発騒乱のあと。

《導書院》の依頼掲示板は更に賑《にぎ》やかになり、冒険者たちは繁忙期を迎えていた。

なにせグレイたちが関わった一件だけでも、《アーケイン＝ガーデン》の地下を蟻《あり》たちが食い荒らしたのだ。

放たれた《魔の眷属《けんぞく》》の残党の掃除《スイープ》や、残された強力な個体の討伐《スレイ》。蟻たちが繋《つな》げた通路から先、未知の空間が見つかったとなれば探索《サーチ》の類の依頼も賑わう。

フィリーシアが《変異体》騒動で寸断されていた交易路を繋ぎ直したため、配達《キャリー》や護衛《ガード》の依頼も次々に舞い込む。

そのうえ《アーケイン＝ガーデン》の各所で起こった、グレイたちの関わらなかった幾つかの事件の余波も合わせ、依頼は供給過剰。

明確な稼ぎ時であった。

「…………」

そしてこれも、そんな依頼の一つだ。

……幸いにして《アーケイン＝ガーデン》に魔手を伸ばしてきた邪教徒たちは撃退されたが、それらの組織が根こそぎ一掃できたわけでもない。

《導きの福音書》も、「災いの火は未《いま》だ止《や》まず。埋《うず》め火は邪《よこしま》なる風を受け、再び燃え広がるであろう」と、更に物騒な予言を出したそうだ。

そういうわけで、ここ最近の《導書院》は近隣の島々を対象として、盛んに探索《サーチ》の依頼を出していた。

どうも、あまり良くない時期に入っている、という感じだ。この分だと当面は、物騒でキツい予言が乱発されるかもしれない。神剣《アルヴァ・グラム》を手に問題解決に携わっているフィリーシアも、かなり忙しくなるだろう。

「邪教団の残党や拠点の捜索《サーチ》、および島における異常の有無の確認、か。さて、どっから始めたもんかね……」

「……んー」

「おいおい」

グレイは苦い表情をした。

ここのところ、スリヤの様子が、妙だ。

上の空、というのか。

ぽーっと何事かを考えこんで、気もそぞろなことが多い。

それを追及すると、急にワタワタと慌てだして、物凄《ものすご》い勢いで距離を取られたりする。

いつぞやなど「あーっ、あんな風にさらっと言うとかボク無理っ！　絶対無理っ！　っていうか落とすって！」などと叫んでいたので何かあったのは分かるのだが……

グレイとしては、困惑する他ない。

こういう時に上手《うま》いこと、何があったのか聞き出して落ち着かせられる対人技能があれば、苦労はしないのだ。

……肩に乗っているルルも、若干困り顔をしている感がある。

グレイとルルは視線を合わせ、軽く息をついた。

「キュルっ！」

「おい」

てちてちとルルがスリヤの頰を叩くのに合わせて、声をかける。

「考え事もいいが、もう森だぞ。流石《さすが》に集中してくれ」

「はぇ……あっ!?」

「ご、ごめんっ」

「言っとくが俺に、言わんで察するとか、気の利いた慰めとか期待するなよ」

自覚があるが全くダメなので、先に念押しする。

「うん、グレイはそういうの無理だよね。ボクも分かってる」

スリヤも何故《なぜ》だか複雑そうな顔で呟《つぶや》いた。

商売上のやりとりならばともかく、親密なやりとりは、この灰髪の青年の最も苦手とするところだ。

友人と他人の間、知人くらいの距離の相手の方が、いっそ気軽に振る舞える節すらある。

「なんか、ごめんね。ちょっと色々あって」

「気にするな。……悩みがあって集中できないってんなら、いったん引き返すか？」

悩み事があるから、仕事をしない。

大袈裟《おおげさ》だ、と見る者もいるかもしれないが、グレイは至って真面目だった。

冒険者稼業は、命がかかっているのだ。日数を無駄に費やして費用が増しても、依頼に失敗して報酬を取りっぱぐれても、それでも肝心なところで集中を欠いて殺されるよりはマシだ。

「注意不足なんぞで、お前を死なせたくねぇしな」

真面目な顔でそう言うと、スリヤが少し笑った。

「ん。……ありがと、グレイ」

懸念が伝わったのか、スリヤは一度ぐーっと伸びをすると、両頬を音が鳴るほど強く、平手で叩いた。

「よっし、ボク復活ッ！」

「よっしゃ、それじゃあいくか」

「おーっ！」

気を張りすぎずに、明るく。

しかし最低限の警戒を保って、二人は森の深くへと踏み入ってゆく。

それは今度こそ、いつもの仕事だった。

――いつもの仕事に、なるはずだった。

◆

リュイ島は比較的低い高度を浮遊する島だ。

高度の関係上、雨が多く、島の大半を覆う森の土が雨水を蓄え、そうして地下で濾過された水が、湧き出し、泉や川となる。

川の流れはそのまま島の端に達し、滝のように落ちながら風に吹き散らされて、きらめく虹とともに霧状に拡散してゆく。

森の緑と、白い水の飛沫《しぶき》と虹、そして浮遊する大地の土の色。

それがリュイ島の色だ。

飛空艇の船員たちにとっては、水と安息の象徴であり、《アーケイン＝ガーデン》への道標《どうひょう》ともなる美しい島ではあるが――

「曇ってきたよー。降りそう」

「うげ」

浮遊能力で枝の隙間を抜け、空の様子を見てきたスリヤがそう言うと、グレイは顔をしかめた。

二人は、起伏のある森の中を進んでいた。

「リュイはこれがなぁ……」

「うん、これがねー……」

人の出入りの多い水源周辺はともかく、深部を探索するとなると、この雨の多さが問題となる。

ただでさえ起伏が多く、緑豊かで視界の悪い島の特徴に、雨による視界不良、体温低下、足場のぬかるみなどが加わると、その危険度は上昇する。それでなくともリュイ島の深部には所在不明の魔力溜《だ》まりが幾つか存在し、奥に進めば森に適応した《魔の眷属》との遭遇率が急激に上昇するのだ。迂闊《うかつ》に深部に踏み入りすぎた、駆け出し冒険者の一党がまるごと未帰還、などという話も珍しくはなかった。

「とりあえず拠点確保だな」

「うんっ。きちんと野営地つくって、一旦やりすごしちゃおう」

雨の中で下手に行動するよりも、天幕を張り、《結界》や《警報》《隠蔽》に類する魔術を使用して《魔の眷属》を避け、雨をやりすごした方が良《よ》い。

長時間の探索では、休むこと、気を緩めることも重要だ。

手早く意思決定をして、二人は野営向けの地形を探して歩く。

川の付近は増水時に危険だ。低地は水が流れ込んでくることもあるし、断崖の傍《そば》は突風や落石の危険がある。

藪《やぶ》を払いながら傾斜を登ると、少し視界が開けた。

周囲を木々に囲まれたそこには、苔《こけ》むした倒木がある。

年を経た巨木が、ゆっくりと傾《かし》ぎ、倒れたことでできた空間なのだろう。

空を見上げれば、確かに灰色の雲が空を覆い、雲行きが怪しい。

「それじゃ、さっさと天幕を――」

そうグレイが言った瞬間。


――ガチガチと、《魔力盤《ヴイジヤ・ボード》》が耳障りな音を立てた。


「な……!?」

「えっ!?」

その変化は急速だった。

まるで映写機の早回しのように、木々の陰から染み出してきた黒い靄《もや》が辺りを覆い、凝《こご》り、《魔石》が生じ――次々に、《魔の眷属》が生まれる。

……油断はしていなかった。

二人とも、数年の冒険者経験相応の警戒心をもってことにあたっていた。

だからこそ、それに反応できた。

現れた数体の《魔の眷属》の首を、瞬く間に踏み込んだグレイが刎《は》ねる。

スリヤが《魔導杖《ワンド》》を振り回し、《衝撃》を連射しては発生したばかりの《魔石》を叩《たた》き砕く。

「グレイ！」

「分かってる！」

けれど、これは異常だった。

こんな速度で汚染が展開することは、通常はありえない。

これほど急速に《魔石》が生成され、《魔の眷属》が展開するなどと……

「ふふふ。良い反応ねぇ……」

声がした。

「《蟻使い》を殺したというのも、満更ガセというわけではないのかしらぁ？」

黒い靄が染み出してきた、木々の陰から聞こえるそれは――

「スリヤッ！」

間髪いれずにグレイが続けざまに三つ、使い捨ての《魔導器》を投げ込み、

「投射《キャスト》！」